Stranger

异乡人

林少华 著

作家出版社

图书在版编目（CIP）数据

异乡人 / 林少华 著.—北京：作家出版社，
2016.1

ISBN 978-7-5063-8697-5

Ⅰ. ①异… Ⅱ. ①林… Ⅲ. ①散文集-中国-当代
Ⅳ. ①I267

中国版本图书馆CIP数据核字（2016）第016044号

异乡人

作　　者：林少华
总 策 划：高　路
责任编辑：丁文梅
出版统筹：华　婧　宋迎秋
特约编辑：宋迎秋
装帧设计：天行云翼·宋晓亮
出 品 方：北京中作华文数字传媒股份有限公司
出版发行：作家出版社
社　　址：北京农展馆南里10号　　　　邮　　编：100125
电话传真：86-10-65930756 （出版发行部）
　　　　　86-10-65004079 （总编室）
　　　　　86-10-65015116 （邮购部）
E-mail:zuojia@zuojia.net.cn
http://www.haozuojia.com （作家在线）
印　　刷：三河市紫恒印装有限公司
成品尺寸：130×185
字　　数：164千
印　　张：10
版　　次：2016年3月第1版
印　　次：2016年3月第1次印刷
Ｉ Ｓ Ｂ Ｎ　978-7-5063-8697-5
定　　价：39.80元

自序

永远的异乡人

家乡，故乡。他乡，异乡，异乡人。

家乡、故乡谈得多了，这回说说异乡、异乡人。

我是在半山区长大的。无日不见山，无山不见我。自不待言，我见的山或见我的山，大多是山的这边，山那边平时是看不见的。于是我常想山那边有什么呢？尤其远处一条沙石路从两座山头之间的低凹处爬过去的时候，或者一条田间小路蜿蜒伸向坡势徐缓的山冈的时候，我往往产生一股冲动，很想很想顺着那条路一直走去看看山那边到底有什么：杏花环绕的村落？垂柳依依的清溪？村姑嬉闹的田野？抑或牛羊满坡的牧场？这种山那边情结促成了我对远方最初的想象和希冀，悄然唤醒了我身上蛰伏的异乡人因子，使我成为故乡中一个潜在的异乡人。

异乡人 ✎ Stranger

　　后来我果然奔走异乡，成了实际上的异乡人。迄今为止的人生岁月，有三分之二流逝在异乡的街头。那是毫不含糊的异乡。不是从A乡到B乡、从甲县到乙县，而是差不多从中国最北端的白山黑水一下子跑到几近中国最南端的天涯海角。你恐怕很难想见四十几年前一个东北乡间出身的年轻人初到广州的惊异。举目无亲，话语不通。"云横秦岭家何在，雪拥蓝关马不前"。此乃地理上、地域上的异乡人。

　　若干年后我去了日本。不瞒你说，较之当初的广州，异国日本的违和感反倒没那么强烈。这是因为，粤语我全然听不懂，日语则大体听得懂。甚至五官长相，日本人也不像广东人那样让我感到陌生。然而日本人终究是日本人。语言我固然听得懂，书报读得懂，但对于他们的心和语言背后的信息我基本没办法弄懂。五官长相固然让我有亲近感，但表情及其生成的气氛则分明提醒我内外有别。何况，二十世纪九十年代初日本的主流媒体就已倾向于数落中国的种种所谓不是了。对此我能怎么样呢？我能拍案而起或拂袖而去吗？于是，当对方希望我作为专任大学教员留下来时，我婉言谢绝，决意回国。挪用古人张季

鹰之语："人生贵得适意耳，何能羁宦数千里以要名爵！"此乃族别上、国别上的异乡人。

返回故国的广州，继续在原来的大学任教。也许受日本教授的影响——日本教授上课迟到一二十分钟屡见不鲜——和教授治校环境的潜移默化，回国上课第一天我就满不在乎地提前五分钟释放学生跑去食堂。不巧给主管教学的系副主任逮个正着，声称要上报学校有关部门，以"教学事故"论处，我当即拍案而起，和他高声争执。加之此后发生的种种事情，我的心绪渐趋悲凉，最后离开生活了二十多年的广州，北上青岛任教。青岛所在的山东半岛是我的祖籍所在地。尽管如此，我也似乎并未被身边许多人所接受。就其程度而言，未必在广州之下。这让我不时想起自己译的村上春树随笔集《终究悲哀的外国语》中的话："无论置身何处，我们的某一部分都是异乡人（stranger）"。换言之，在外国讲外国语的我们当然是异乡人，而在母国讲母语的我们也未必不是异乡人。当着老外讲外国语终究感到悲哀，而当着同胞讲母语也未必多么欢欣鼓舞。在这个意义上，我可能又是个超越地域以至国别的体制上、精神上的异乡人。

现在，我刚从文章开头说的我的生身故乡回来不久。也是因为年纪大了，近五六年来，年年回故乡度暑假。那么，回到故乡我就是故乡人了吗？未必。举个不一定多么恰当的例子。某日早上，我悲哀地发现大弟用名叫"百草枯"的除草剂把院落一角红砖上的青苔喷得焦黄一片，墙角的牵牛花被药味儿熏得蔫头耷脑。问之，他说青苔有什么用，牵牛花有什么用，吃不能吃，看不好看！悲哀之余，为了让他领悟青苔和牵牛花的美，为了让他体味"苔痕上阶绿，草色入帘青"的诗境，我特意找书打开有关图片，像讲课那样兴奋地讲了不止一个小时。不料过了一些时日，他来园子铲草时，还是把篱笆上开得正艳的牵牛花利利索索连根铲除。我还能说什么呢？这里不是日本，不是广州，不是青岛，而是生我养我的故乡……还是村上说得对——恕我重复——"无论置身何处，我们的某一部分都是异乡人"，纵然置身于生身故乡！换言之，不仅语言，就连"故乡"这一现场也具有不确定性，或者莫如说我们本以为不言自明的所谓自明之理，其实未必自明。

　　但另一方面，这种故乡与异乡、故乡人与异乡人之间的重合与错位，这种若明若暗的地带，或许正是我们许多现代人出发的地方，也是我出发的地方。我从那里出发，并将最终返回那里。返回那里对着可能再生的青苔和牵牛花回首异乡往事，或感叹故乡弱小生命的美。

　　其实，我为这本小书取的名字就叫"牵牛花开"，并为之沾沾自喜。不料编辑宋迎秋女士看稿时敏锐地嗅出了牵牛花和非牵牛花背后的某种疏离性，并将疏离性视同异乡人元素，建议改为"异乡人"。妙！于是我趁机写出上面这些或许多余的话来。至于这本小书中是否真有一个"异乡人"隐约出没其间，那只能由各位读者朋友判断了。但无论如何，作为书的作者，我都要由衷感谢您肯把这本小书拿在手里。不但我，责编迎秋——我的故乡人——想必也会感谢。

林少华

2015年9月19日灯下于窥海斋

（时青岛海雾乍涌星月迷离）

目录
Contents

Chapter I　大地上的异乡人

01　那片有萤火虫的山坡 / 002

02　地球上最倒霉的蒲公英 / 007

03　故乡中的"异乡人" / 011

04　买车还是买葡萄架 / 015

05　山梁的那边 / 019

06　开往火烧云的火车 / 023

07　被废弃的铁路 / 027

08　牵牛花和城镇化 / 031

09 我爱乡下 / 035

10 那个格外冷的冬天 / 039

11 想必鞋也哭了 / 043

12 消失的老屋 / 047

13 青春：修辞与异性之间 / 052

14 我和副厅级 / 057

15 乡下人：锄头与麻将 / 061

16 背叛家风得来的《千家诗》 / 065

17 爷爷的"林冲"和奶奶的烧土豆 / 069

18 三十九年前的童话 / 073

Chapter Ⅱ　莫言的幽默与村上的幽默

01 莫言的第一步，村上的第一步 / 078

02 莫言的幽默与村上的幽默 / 083

03 莫言与村上在台湾 / 088

04 高密东北乡与诺贝尔文学奖 / 093

05 村上为什么没获诺贝尔文学奖 / 097

06 诺奖视野中的村上春树："挖洞"与"撞墙" / 101

07 就诺贝尔文学奖写给村上春树 / 110

08 莫言爷爷讲的故事和我爷爷讲的故事 / 116

09 我和村上：认同与影响之间 / 120

10 莫言获诺奖：翻译和翻译以外 / 124

11 村上春树："我不认识汉字" / 130

12 村上笔下的人生最后24小时 / 134

13 村上译者的无奈 / 138

Chapter Ⅲ   舌尖上的大雁与槐花

01 文化，更是一种守护 / 144

02 旅游：寻找失落的故乡 / 148

03 落叶的文学性 / 152

04 慢美学或美学意义上的慢 / 156

05 水仙花为什么六瓣 / 160

06 书房夜雨思铁生 / 164

07 生命消失的悲伤 / 168

08 文学与文学女孩的来访 / 172

09 《小小十年》和小小少年 / 176

10 当农人不再热爱土地 / 180

11 舌尖上的大雁与槐花 / 184

12 三江源，"我爱她们" / 188

13 美的前提是干净…… / 192

14 贵宾厅里的"遭遇" / 196

15 我的"开门弟子" / 200

16 血压与《逍遥游》/ 204

17 昏睡的"土豪金" / 209

18 中年心境的终结 / 213

19　"土豪"与"大丈夫" / 217

20　"大丈夫"是精神性别 / 221

Chapter Ⅳ　"副教授兼系主任"

01　美好的开学第一天 / 226

02　三十一年，我如何当老师 / 230

03　一个半小时的"二级教授" / 235

04　我能当博导吗 / 240

05　大师之大　大在哪里 / 244

06　清华教授何以绝食 / 249

07　苟且：这个可怕的社会病症 / 253

08　"副教授兼系主任" / 258

09　普林斯顿大学和卖报的刘队长 / 262

10　大学人士与啤酒 / 267

11　教授为什么写不出教授 / 271

12 电脑上课和"蒙娜丽莎" / 275

13 女博士：第三性？ / 279

14 西方人咬了"苹果"，"苹果"咬了我们 / 283

15 瓜田小屋和北外女生 / 288

16 高中：只为那一个三位数？ / 292

17 来自高考状元的礼物 / 295

18 两个上海，两个我 / 299

19 演讲：抗拒衰老 / 303

Chapter I
大地上的异乡人

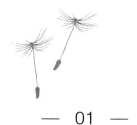

— 01 —

那片有萤火虫的山坡

　　读过拙译《挪威的森林》的人，想必记得书中关于萤火虫的描写。"我开始回想，最后一次看见萤火虫是什么时候呢？在什么地方呢？情景想起来了，但场所和时间却无从记起。沉沉暗夜的水流声传来了，青砖砌成的老式水门也出现了。……水门内的积水潭上方，交织着数百只之多的萤火虫。萤火虫宛如正在燃烧的火星一样辉映着水面。"不过，较之过去的数百只，渡边似乎更在意敢死队送给他的一只："过了很长很长时间，萤火虫才起身飞去。它忽有所悟似的，蓦然张开翅膀，旋即穿过栏杆，淡淡的萤光在黑暗中滑行开来。……那微弱浅淡的光点，仿佛迷失方向的魂灵在漆黑厚重的夜色中彷徨。"

　　我则相反，较之那一只，更在意过去那数百只。

　　我上小学三年级的时候，家里又一次搬家，搬到一座叫小北沟的小山村。小山村只有五户人家，三面环山。北山坡住着三户，东山坡一户，西山坡一户即我家这户。南面三百米开外是铁路、公路，铁路、公路一百米开外是小河，小河再往南一二里开外是连绵的山岭。

　　东北乡下，家家房前屋后都有一块种菜的园子，我家的大部分在房前，就叫南园子。南园子尽头有条小路——纯粹是羊肠小路——沿西山坡底端呈抛物线形向西拐去，沿路西行大约二里有一座名叫"上家"的铁路小站。花三毛钱上车，半个小时后即是县城。早晚各有一趟客车停靠。小山村和北山后面两个生产队（屯）的乡亲们，早上总有几人沿这条小路去火车站，晚上又从火车站沿这条小路回家。

　　顺便说一句，沿小路走过我家南园子篱笆之后，再往东走有一道壕沟，下雨时山水咆哮而过，把壕沟冲得又陡又深。于是北山坡三户中一位名叫张喜的老地主把自家园外一棵大榆树砍倒刨平，横在壕沟上做成独木桥。他跟我爷爷说修桥补路可以增寿。但不出两三年——记得是"文革"爆发的前一年——他竟悬梁自尽了。后来乡亲们说这老地主真聪明，赶在"文革"前走了，若不然非被红卫兵打死不可，估计是修桥修来的福分。说实话，那位老地主使得刚在小学语文书上学过《半夜鸡叫》的我产生了困惑：无论如何我都没办法把面容和善砍树架桥的他和课文里的地主周扒皮联系起来。

言归正传。小路绕过的西山坡中间那里约略瘪了下去，状如一个巨大的椭圆形浅盘，里面长满了蒿草，间有几棵榆树。"盘"外隆起的北侧同我家南园子之间长着一棵歪脖子老柞木，浑身疤节，很粗，两个小孩几乎合抱不过来。老柞木斜对着我家门前通道。早上开门，常见几只喜鹊在枝头对着我们喳喳欢叫几声。黄昏时分，就有一群乌鸦从天外飞来落在枝头聒噪一阵子，所谓"枯藤老树昏鸦"，大约就是这番景象了。

不过，西山坡最有兴味的景象还是夏天的萤火虫。不知是不是窝风的关系，那里的萤火虫格外多。始而三五只，继而七八只，很快就数不清有多少只了，成群结队往来盘旋。由于飞的速度慢，形成不了"滑行"的光线，但光点已足够可观了。尤其无月无风的暗夜，即使不能说是"宛如正在燃烧的火星"，也可谓正在跳跃的繁星了——就好像银河的一角忽然降落人间。而且越落越多，越多越亮。最多最亮的时候，可以隐约照见草丛中一簇簇白色的山芹花，照见小路山坡一侧一丛丛淡蓝色的野菊花，照见小路另一侧玉米叶上攀爬的一朵朵牵牛

花骨朵。

也有时飞进园子里的黄瓜架，飞到窗前门前，三三两两，飘飘忽忽，闪闪烁烁。黑的夜幕，亮的光点，神秘，幽玄，令人想起教科书图片上那茫茫宇宙中点缀的银星。一次我记起古人借萤火读书的故事，就趁萤火虫暂且伏在那里歇息之机猛地伸出双手，捂住几只装进小玻璃瓶，松松地扣上瓶盖。然后把小瓶放在书页上。只见那几只小家伙贴着瓶壁往上爬，肚皮的萤光正好对着瓶外书页上的字，勉强照亮四五个字。作为故事诚然感人，但实行起来相当吃力，很快作罢。

最后一次看见萤火虫是什么时候呢？大约是二〇〇二年最后一次回老屋探望父母的时候。由于农药和西山坡另一侧开石场的关系，数百只萤火虫群早已消失，仅在一个极黑的夜晚好歹在院子樱桃树下瞧见一只，而且光色很弱很淡。回想起来，确如"仿佛迷失方向的魂灵在漆黑厚重的夜色中彷徨"。

两年前的暑假，我从相距不远的大弟家再去找那片西山坡的时候，那里已变成采石场的废料堆放场，几大堆青石渣拔地而起——西山坡消失了，被铲平了、掩埋了，那可是有萤火虫的西山坡。记忆中，父亲那天傍晚就是在西山坡下急切切奔回家来，手里举着一封信大声招呼我："通知书、通知书来了，

吉林大学的入学通知书！"几天后我就是沿着西山坡下的那条

小路走去小站，上车奔赴省城……

（2014年2月2日　甲午正月初三）

— 02 —

地球上最倒霉的蒲公英

　　不知是不是跟我的乡下出身有关，反正我特别中意乡下出身的不起眼的花，比如蒲公英、牵牛花和野菊花。这不，当大家一齐仰脸看满枝满树樱花的时候，我宁可独自看树下零零星星的蒲公英。多好看啊，嫩黄嫩黄的，黄到人心里去了，真想俯下身子亲上一口；多顽强多机灵啊，草还没返青它就把花朵送出来了。我仔细观察过，迎春花都没它开得早，是它，是蒲公英将春天的喜讯第一个带给人间。因了它，山坡有了金色的星星，河畔有了动人的笑靥，路边有了眨闪的眼睛，草坪有了黄艳艳神奇的"图钉"……

　　清晨。惠风和畅，天朗气清。我沿着小路在约略呈弧线形铺展开去的草坪间缓缓踱步。由于少雨，草坪的确还没怎么返青、泛青。但有两种花已经开了。一种花是不显眼的紫花，花朵很小，如紫色的老式耳环，又如小得多的眉豆花。单开的极少，或三五簇像受惊似的挤在一起，或密密麻麻缀成一小片。堇菜花？紫罗兰？我的植物学知识太差了！另一种花就是蒲公英了，它显眼得多。有的紧贴着地皮屏息敛气，有的伸出吸管似的细脖颈摇头晃脑。不骗你，远看真的如金黄色的图钉。而细瞧之下，又未尝不像深情的眸子。不由得，我倏然想起了几十年前邻院的少女。尽管她的衣服颜色灰不溜秋，但那对眸子总是光闪闪水灵灵的，看我一眼，我的心就抖一下，看谁谁抖。山村的精灵，苦难中的美丽，男孩的春梦，游子的乡愁……

我就这么边走边看，边看边想。忽然，我看见一位四五十岁的女士蹲在草坪上，缓慢移动着一下下挖什么。近前一看，原来在挖蒲公英，蒲公英！而且是开花的蒲公英！右手拿一把扁嘴铁锤样的东西，一上一下，一下一朵，百发百中。她虽然身体移动得慢，但手的动作快。她的身后，蒲公英没有了；她的眼前，蒲公英被她连根刨起，右手刨，左手捡；左手捡，右手刨。刨一下，我的心抖一下。

她刨得太专注了，如入无人之境。大学生们欢快的笑声也罢，清洁工迟疑的脚步也罢，她都无动于衷。我停下脚步看

她。相距不过十步远。她似乎没意识到有人看她。她只看蒲公英，只顾重复刨与捡的交替动作，而且越来越快，渐入佳境。我也看蒲公英，看蒲公英一株株、一朵朵落入她脖子挎的布囊。刚才的文学情思早已不知去向。我的心开始隐隐作痛。如果我是蒲公英，肯定跳起来给她一巴掌，问她为什么这样！熬了整整一个冬天好容易熬到开花时候了，却连个花也不让人家好好开，我蒲公英惹着谁了？为什么这样？

是啊，为什么这样呢？我也想问。可我当然不能问，不敢问。一来这里不是我的校园，二来总觉得这不大像是一个人对一个陌生人开口说的第一句话，何况是一个男人对一位陌生女士。但我终于没有忍住："这东西能吃吗？草坪有时是喷药的……"对方头也没抬，低声回答了一句。我没能听清，少顷，快快转身走开。

隔一天再去的时候，毫不夸张地说，偌大草坪——连起来足有两个足球场加三个篮球场那么大——几乎连一朵蒲公英都找不见了，蒲公英全军覆没，金黄色的"图钉"尽皆拔掉，深情的眸子了无形影。

她为什么这样？她为什么必须这样？作为女性市民，难道她不知蒲公英是美的？不懂欣赏蒲公英的美？

　　若是过去倒也罢了。比如二十世纪六十年代初，天灾人祸，休说蒲公英，连榆树钱、榆树皮都生吞活剥了。不信你听听莫言怎么说的好了。他这样说道："我们就像一群饥饿的小狗，在村子中的大街小巷里嗅来嗅去，寻找可以果腹的食物。许多在今天看来根本不能入口的东西，在当时却成了我们的美味。我们吃树上的叶子，树上的叶子吃光后，我们就吃树的皮；树皮吃光后，我们就啃树干。那时候我们村的树是地球上最倒霉的树，它们被我们啃得遍体鳞伤。"须知，这并非小说情节，而是莫言二〇〇〇年三月在美国斯坦福大学的演讲。作为感同身受的同代人，我当然知道他说的句句属实。

　　是的，那时我们村的树也是地球上最倒霉的树，遍体鳞伤，体无完肤。那有什么办法呢？较之树的生存权，毕竟人的生存权是第一位的。至于美，更无立足之地。我所不能理解和难以接受的是：半个多世纪过去了，城里人基本吃什么有什么，不少人都吃出"三高"了，而大学校园草坪的蒲公英却成了地球上最倒霉的蒲公英！

（2014年4月19日）

— 03 —

故乡中的"异乡人"

一年一度的高考又快到了。不用说，考上北大、清华是许多考生的梦：北大梦、清华梦。而我前不久去了北大，去了清华。当然不是在梦中——我早已过了做梦的年龄。

其实，校园未必多么漂亮，一样的月季，一样的垂柳，一样的草坪和蒲公英。学生也是随处可见的男孩女孩，一样的衣着，一样的步履，一样的笑声。既没多生一只眼睛，又没增加半个脑门儿。但细看之下，眼神或许略有不同。如未名湖，沉静，而又不失灵动；清澈，却又不时掠过孤独的阴影。于是，应邀前来演讲的我首先从孤独讲起。李白的孤独："大道如青天，我独不得出。"杜甫的孤独："亲朋无一字，老病有孤舟。"辛弃疾的孤独："把吴钩看了，栏杆拍遍，无人会，

登临意。"鲁迅的孤独:"在我的后园,可以看见墙外有两株树,一株是枣树,还有一株也是枣树。"陈寅恪的孤独:"一生负气成今日,四海无人对夕阳。"以及当代人、当代作家莫言荣获诺贝尔文学奖后的孤独:"我看到那个得奖人身上落满了花朵,也被掷上了石块、泼上了污水。"

当然,作为日本文学教授和村上作品译者,我讲得多的还是村上春树的孤独:"不错,人人都是孤独的。但不能因为孤独而切断同众人的联系,彻底把自己孤立起来,而应该深深挖洞。只要一个劲儿往下深挖,就会在某处同别人连在一起。"一句话,孤独是联系的纽带。为此必须深深挖洞。而我的北大清华之行,未尝不可以说是"挖洞"之旅,"挖洞"作业。换言之,挖洞挖到一定程度,孤独便不复存在,甚至得到升华。用北大一位女生的话说:"因孤独而清醒,因孤独而聚集力量,因孤独而产生智慧。"

最后经久不息的掌声也说明"挖洞"获得了成功。说实话,清华大学西阶报告厅里的掌声是我历次演讲中持续时间最长的掌声。如果我是歌手,势必加唱一首;如果我是钢琴家,肯定加弹一曲。在这点上,我非常羡慕北大清华的老师同行——尽管他们的收入未必有多么高——因为这里汇聚了全国

众多极为优秀的青年。毫无疑问，得天下英才而育之，是每一个教师最大的渴望和快慰。不过总的说来，我也还是幸运的。至少，在这里讲孤独的我，实际上一点儿也不孤独——孤独这条纽带把我和北大清华学子连在了一起。

演讲完后，正赶上五一小长假，我就从北京直接回到乡下老家。今年东北气温回升得快。去年五一我回来的时候，到处一片荒凉，而今年已经满目新绿了。邻院几株一人多高的李子树、樱桃树正在开花。未叶先花，开得密密麻麻，白白嫩嫩，雪人似的排列在木篱的另一侧。自家院内去年移栽的海棠也见花了。一朵朵，一簇簇，有的含苞欲放，有的整个绽开。白色，粉色，或白里透粉，或粉里透白。洁净，洗练，矜持，却又顾盼生辉，楚楚动人。难怪古人谓"只恐夜深花睡去，故烧高烛照红妆"。还有，同是去年移栽的一棵山梨树也开花了，只开一簇。数数，有四五朵。白色，纯白。白得那么温润，那么高洁，那么娇贵。为什么只开一簇呢？而且开在树的正中，开在嫩叶初生的枝条顶端。"玉容寂寞泪阑干，梨花一枝春带雨"。古人对花、对梨花之美的感悟和表达真是细腻入微，出神入化。

弟弟妹妹们来了，来见我这个大哥。多少沾亲带故的乡亲们

也来了，来见我这个远方游子。大半年没见了，见了当然高兴。聊天，吃饭，喝酒，抽烟，聊天。一人问我北大清华演讲有什么收获。于是我讲起那里的男孩女孩对我讲的内容多么感兴趣，反响多么热烈，多么让我感动……讲着讲着，我陡然发现他们完全心不在焉。怎么回事呢？不是问我有什么收获吗？一个妹妹开口了："大哥，人家问你收获多少钞票，你看你……"

接下去，他们索性把我晾在一边，开始谈麻将，谁谁赢了多少，某某输了多少，谁谁脑梗后脑袋转动不灵输了四五千，某某输了又不认账结果不欢而散……忽然，我涌起一股孤独感。我悄然离席，独自面对海棠花、面对蒲公英久久注视……

或许还是村上春树说的对："无论置身何处，我们的某一部分都是异乡人（stranger）"。是的，我有可能正在成为之于故乡的"异乡人"，成为亲人中的孤独者。抑或，故乡的某一部分正在化为"异乡"。

（2014年5月16日）

— 04 —

买车还是买葡萄架

人人都说收入少，又几乎人人有车。车自何来呢？一个谜。以大学校园为例，连月入银两不过三四千的讲师都有车，而且大多是看上去蛮气派的车。博士学位，大学讲师，洒满晨光的讲台，俊男靓女启明星般的眼睛，出门直奔犹如正在产卵的大马哈鱼般乖觉的新款小汽车……难怪总有毕业或没毕业的女硕士、女硕士生托我为其在校园物色男友。前不久我笑着答复：物色好车容易，物色男友不容易，又一个谜。

总之校园里小汽车太多了，而且比人还神气活现。有时我真怀疑"大马哈鱼"们不再乖乖产卵，而径自游上讲台开口讲课……

受此感染和诱惑，我也想弄一辆。一来风中雨中雪中尘霾中等校车绝不令人欢欣鼓舞，二来润笔银两也有若干。买玛莎拉蒂、梅塞德斯-奔驰或高档沃尔沃自然捉襟见肘——我猜想全世界没有哪个教授不捉襟见肘，但买二手车本田思域或国产奇瑞笃定银货两清。借用村上君的说法，在大都会街头开梅塞德斯-奔驰和开本田思域有何区别！

然而归根结底我没买小汽车，而用买车的钱买了一架葡萄，或一座葡萄架。理由非常简单。你想，坐在小汽车里手握方向盘直勾勾眼望红绿灯，同坐在大葡萄架下手捧一杯清茶悠悠然眼望夕晖相比，哪个更惬意更有诗意？

大约一年前的事了。我在故乡小镇散步，心血来潮地走去镇郊母校，回来路上越走越热，走得格外慢。几垄齐刷刷的红高粱，两排金灿灿的向日葵，一片雄赳赳的玉米田，一条光闪闪的小溪。白粉蝶、蜻蜓、蜜蜂，知了懒洋洋的叫声。时值近午，阳光火辣辣倾泻下来。就在这时候，路旁院门内一大架葡萄吸引了我的目光。重重叠叠的枝叶泼墨般投下一地浓荫，俨然绿色的防空洞，清凉，幽深。听得里面有说话声，我推开虚掩着的院门走了进去："这葡萄架可真凉快啊！""你买就卖给你哟！""连房子院子？""那当然。光卖葡萄架怎么卖啊！"我穿过葡萄架往前走。正房三间，耳房一间，红瓦，白墙，塑钢窗。整洁，端庄，光朗。尽头小仓房前几丛紫色的九月菊开得正欢，风姿绰

约，楚楚动人，极具初秋风情。问价，不多不少，正合了我准备买车的款额。我当即决定买下。大半辈子的人生经验和直觉教导我：人世间东西虽多，但单单为自己存在的、之于自己的东西其实是极为有限的。迟疑不得，马虎不得，做作不得，那东西不可能永远存在。而眼前的葡萄院落就是专门为我而存在的。仿佛许多年前梦境中一个美丽的承诺，正静静等待我的到来。我果然来了！我高兴，它高兴。那对原是铁路职工的老夫妇也高兴。他们说："卖了五年没卖妥，而你五分钟就搞定了，这下可以放心地进城去儿子家看大胖孙子了。"

　　包括冰箱彩电洗衣机大衣柜在内，老夫妇几乎把所有东西都留下了。好像特别舍不得的，只有那棵养了二三十年足有一人高的仙人掌，一再叮嘱最好换个大些的盆。老夫妇晚秋搬走后，住处相距不远的大弟替我大致打理装修了一下。今年一放暑假我就急匆匆兴冲冲跑了回来。写这篇小稿的此刻正坐在案前眼望葡萄架，再次由衷感叹挪用买车的钱买得这葡萄架院落的决定是何等英明何等正确！

　　清晨，葡萄架缀满晶莹的露珠；正午，断然屏蔽火热的阳光；傍晚，轻轻连线金色的夕晖；入夜，留出几颗眨闪的星星。俄罗斯民间有个说法："一个人能否获得幸福，就要看他

能否在紫丁香丛中找到五个瓣的花朵。"而我要说，一个人能否获得幸福，就要看他能否拥有葡萄架。也巧，离葡萄架一侧不远的山脚下就有紫丁香。索性让我引用俄罗斯名曲《紫丁香》描绘这美好的环境："看霞光正升起/露水沾满草地/清晨散发着温馨气息/芳香阵阵飘溢/丁香花影浓密……"（张宁译）俄罗斯到底是个崇拜诗和诗人的诗性民族。遗憾的是，诗性正从曾以唐诗光耀世界的中国大地上流失，似乎没有多少国人关爱身边的一草一木一花一叶。即使在这个意义上，我也希望有更多的城里人慨然做出我这样的决定，不买车，买葡萄架——到处趴满屁股冒烟的钢铁甲壳虫的国土同到处长满葡萄架和紫丁香的国土之间，你觉得在哪里生活更爽更幸福？

　　不过作为现实问题，开学回青岛后我将仍在风中雨中雪中尘霾中等校车。也罢，等校车时我就想象这里的葡萄架……

（2013年7月17日）

— 05 —
山梁的那边

　　暑假。乡村，八月。晴空朗日，白云悠悠。午睡起来，我不在房前屋后转悠了，决定翻过南岭，到山梁的那边看看。走过小镇的镇中心，跨过一条小河，穿过一片间有红松的落叶松林，爬过山梁间最低的凹口，便是山梁的那边了。草坪般悠长而宽阔的下坡路。两侧是郁郁葱葱的阔叶林。颇有沧桑感的柞树榆树，似乎风华正茂的桦树枫树，不再婀娜多姿而风韵犹存的柳树，俨然睥睨群雄却资历最浅的杨树……我喜欢看树，自在、潇洒、蓬勃，真想抱住不放。也喜欢看花。有人说年老看树，年少看花。而我都看，都喜欢，不知是年老还是年少了——年老年少之间的彷徨者。或者莫如说年老心少、心少年老。说法无所谓。

　　路旁果然有花，野花。一枝枝细密的无数白色小花，井然有序地塑出硕大的圆球，悬在黄褐色石崖边上，恰如白色的节日礼花在空中哗然绽开，看得我心花怒放。城里花店卖的"满天星"，就是其分枝不成？不过气势与生机绝然无法相比。山脚一方洼地蹿出好多鼠尾草，紫色的长穗，一丛丛一簇簇，近看摇曳生姿，远看紫云迤逦，仿佛勿忘我或前几年在日本北海道看过的薰衣草。最多的是雏菊。或零星散落在蒿草之中，或成片相聚在田头之上。雀舌般的花瓣整齐地围在宛如金色图钉的花蕊周围，白里透蓝，或蓝中泛白，又略带一点点紫色。不起眼，不显眼，但你看它，它便绝不含糊地出现在那里，朝你静静漾出若有若无的甜美笑意，让你过目难忘——世间竟有这样的存在和存在感！这不时让我记起初中班上一个女生，一个初一女孩，雏菊女孩……

　　我翻过的这道南岭和远处另一道南岭之间铺展开去的，全是玉米田，全是。没有我当年在乡下务农时的高粱大豆谷子，清一色玉米。玉米秧顶端正在抽穗。四下纷披，播撒花粉，花粉落在玉米秧腰间玉米棒无数发丝般的红缨上。每条"发丝"都应连着一颗玉米粒胚胎，倘花粉正好落于"发丝"，胚胎即发育成玉米粒，否则就"夭折"，瘪了。而实际上绝大部分玉米棒都嵌满了

珍珠般的玉米粒，多神奇啊！我一边看着想着感叹着，一边从白杨相拥的村路拐去玉米田间的小路。玉米阵列，玉米仪仗队，玉米组成的秦兵马俑。整肃、雄壮、阳刚，不可一世。好在偶有紫色的眉豆花攀援其间，我得以舒了口气。

　　迈过一条水清见底的沙石小溪，前方玉米田闪出几座疏落的房脊。于是顺小路朝那里走去。人家的确不多。若把村子南面的山移去北面，那么像极了我以前住过的那座叫小北沟的小山村。村口有一只老母鸡领着七八只毛茸茸的小鸡觅食。老母鸡咕咕咕前边叫着，小鸡叽叽叽后边跟着，很快钻进篱笆下开得正艳的类似万寿菊的一片黄色菊丛，又很快窜到山墙拐角几株浅红色的凤仙花下。倦慵，温馨，平和，寂寥。庄稼和蒿草特有的清香中夹杂着一丝干牛粪味儿。久违了，我狠狠吸了一口，吸入肺腑，往日的记忆带着质感复苏过来。不错，若把砖瓦房换成茅草土坯房，分明就是那个小山村。

　　我很想翻过这座山村前面的山梁，很想很想。我知道，过了那道山梁，应该就是加工河公社（现在不可能再叫公社了）。我所在的初一（二）班的班长叶茹同学来自那里。女班长，年龄偏大，身材丰满，中天满月般的脸庞。稳重，矜持，平时不大说话，而一旦作为班长站起说话便滔滔不绝而又适可而止，具有

奇妙的说服力和震慑力，再调皮的男生也不能不安静下来。"文革"开始后有大字报说班主任老师和她有"作风"问题。她肯定受到了伤害。对于一个少女，那绝非一般伤害。那是初一期末即一九六六年七月的事，此后越发兵荒马乱，她再未出现。唯一听得的消息，是我上大学那年她已是两个孩子的母亲了。陈春茹，我的同桌女生陈春茹也来自那道山梁的那边。数学真好，我还在套公式步步演算的时候，她的得数早已出来了——省略过程，直奔终点，非天才而何？"文革"开始后迄无消息，不知远在天边，还是近在眼前——或是嫁来这座山村的某位阿婆亦未可知。还有，雏菊女孩也来自那里。当我后来听说她和一个当上公社（乡）小干部的同班男生结婚的时候，胸口明显划过莫可喻言的痛楚，悄然找出全班合影看她了许久。我这才知道，那可能是类似单相思初恋的情感……

但我最终没有翻过山梁。四十八年了，即使相见，我又能说什么呢？命运！玉米穗的花粉不巧没有落在属于她们的玉米缨"发丝"上——可我能这样说给她们吗？

（2014年8月9日）

— 06 —

开往火烧云的火车

暑假回乡。说夸张些，我既住在世界最喧嚣的地方，又住在世界最安静的地方。那是什么地方呢？铁道口！住所与铁道口为邻，相距不出五十米。火车经过的时候，轰轰隆隆，震天价响；没有火车的时候，安安静静，万籁无声。动与静，喧嚣与沉寂。平均每隔二十三分钟如此对比一次。也就是说，每小时差不多有三次机会让我感受这两个极端。强调一下，我这里说的不是铁道，而是铁道口。区别在于，火车临近铁道口铁定鸣笛。加上铁道口前边不远就是火车站，因此需鸣笛两次，间隔仅十秒左右。

"哞——"，如一千头老牛对着你耳孔一齐发出吼声，正可谓山鸣谷应天摇地动。两人交谈，此时再提高音量也没用，只见唇动，不闻其声。若不懂"读唇术"，再要紧的议题也必须中止。

当然，若你想说"I love you"而又不好意思，此其时也。

然而我选择了铁道口，选择住铁道口旁边。选择的理由，当然不是想说"I love you"。这把年纪了，说给谁听！说给火车听？你别说，没准真是说给火车听——我爱火车，喜欢火车。

老屋被石场埋没之后，我在距老屋几公里外的小镇得到两个住址选项：或靠近公路一侧，或与铁道口为邻。我毫不犹豫地选择了后者。我没有汽车也不喜欢汽车，尤其不喜欢汽车的自行其是川流不息。相比之下，喜欢火车，喜欢火车的节制和节奏意识。尤其喜欢静如处子动若惊龙的节奏感和日常性气势美。是的，日常性气势美。也许你说，气势美何止火车。呼啸升空的飞机，破浪疾驰的战舰，岂不更具气势美？可我要说，那种气势美不具日常性，日常生活中谁能老看飞机和战舰？可火车不同，但凡中国人，特别是三四十岁往上的中国人，谁没坐过火车——对了，铁道口已经暗示了，这里说的火车不是动车组不是高铁，那东西没有铁道口——慢车也好普快也好特快也好，硬座站座也罢硬卧软卧也罢，谁没坐过？可以说，火车是最具日常性的国民交通工具、最具日常性气势美的交通工具。少则二三十节，多则五六十节，节节相连，首尾相顾。就那样在火车头的牵引下在你面前齐刷刷袭隆隆列队风驰电掣。有时你不感觉像是来访或出访

的国家元首检阅陆海空三军仪仗队？不管怎么说，最能打动生命体的，恐怕还是气势美、力度美。所谓一往无前势不可挡，其最好的具象诠释，我以为非火车莫属。

幸运的是，我是在火车身旁长大的。从小学三年级开始直到上大学，一直住在距铁道二三百米的那个小山村。从解放型到建设型，几乎看过所有型号的蒸汽机车。圆滚滚的火车头里面，但见工人一铲接一铲把煤抛入炉门，炉膛烈焰蒸腾，四十吨水于是化为滚滚蒸汽，推动一人高的车轮。呜——，哞——，哐嘁嘁、哐嘁嘁，咣啷啷、咣啷啷，轰隆隆、轰隆隆……那是名符其实的火车。而关于火车的文学性描述，当时最让我产生共鸣的，是老一辈作家吴伯箫《北极星》中的那篇名叫《火车，前进！》的散文。文中把火车比喻为沿着社会主义道路奋勇前进的新中国，字里行间充满革命浪漫主义写作风格特有的豪情壮志。受其感染和影响，再看火车时就每每觉得火车不仅仅是火车了。记得最清楚的一次，发生在因"文革"回乡务农期间，一九六九年。祖父被批斗，父亲受牵连，母亲娘家被质疑是"漏划地主"。中学瘫痪，大学停办。上学、招工、参军等出路俱被堵死，东南西北，哪边都找不见出口。只有入口，没有出口。那天干完农活回家，路上经过一座山岗，我放下肩上扛的锄头，摘下草帽，在岗顶草丛中坐了下来。我把右手握在左手腕上，合拢拇指和食指，指圈绰绰有余——胳膊为什么总不变粗？我又挽起收工时放下的带补丁的裤管，露出的小腿几乎没腿肚，膝盖真真皮包骨——太瘦了！身体太弱了！干农活也未尝不可，可我没有干农活的体力啊！干农活不需要形容词，不需要作文和诗。怎么办？将来怎么办？我把下巴颏搭在支起的双膝上，泪水模糊了眼睛。绝望，绝望感。

忽然，山下传来火车一声长鸣。抬起眼睛，一列火车往西开去。西边天空不知何时布满了火烧云，并且正在向自己头顶扩展，仿佛有人挥舞一块无比巨大的五彩幕布，红彤彤，金灿灿，光闪闪。辉映万物，笼罩四野。尤其远方山梁与天空交接之处，真的像火车头炉火一般熊熊燃烧，璀璨，辉煌，神秘，玲珑剔透却又深邃庄严。而火车正朝那里开去，开去火烧云，开去山那边、天那边……一往无前，势不可挡。

凝望时间里，我不由得激动起来，振奋起来。随即抹一把眼角，站起身，迈动细瘦的双腿走下山岗。两三年后，我坐火车去省城上了大学。又过了四年，我带着母亲煮的二十个鸡蛋，坐火车坐四十八小时去了广州，去了远方。我知道，实质上自己坐的是那天傍晚开去天边火烧云的火车……

（2014年8月12日）

026

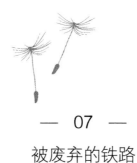

— 07 —

被废弃的铁路

暑假就剩个小尾巴尖了，开学在即。家人提前回去了，乡下偌大的院落只剩下我自己。我这人特喜欢独处，心里暗暗欢喜。午睡起来，决定走去母校看看。其实这只是我的"单相思"——名叫九台十三中的母校许多年前就已不复存在，作为初中部并入镇中心校了。所幸被废弃的校舍还在，从我住的小镇通往那里的铁路还在。我就踩着枕木前行。这是真正的枕木，上好的长白山红松被截成一段段浸了黑焦油躺在青色石砾路上。虽说至少在风吹雨淋之中躺了半个世纪，但尚未腐烂，仿佛可以随时爬起来跑回长白山。铁路显然好多年没跑火车了，钢轨满是红锈，钢轨间长着蒿草。越往前走蒿草越高。快到母校围墙东侧的时候，小树林取代了蒿草，好几棵胳膊粗的榆树像做广播体操一样骑在钢轨上，几乎吞噬了铁路。这给了我莫可言喻的神秘感和凄凉感，甚至让我觉出几分英雄末路般的悲剧美。

于是，我决定不拐下铁路看母校被废弃的校舍了，索性继续走这被废弃的铁路，看个究竟。想当年，我不知多少次沿这条铁路去供销社买练习本买钢笔水，去老榆树下的书摊看两分钱一本的小人书，枕木上不知落有多少我和我的同学的脚印和语声。而现在，半个世纪过后的现在，只我一个人默默在上面走着。

绕过那几棵做广播体操的榆树，铁路上又是蒿草。有的齐腰，有的没膝，有的纠缠着不让我迈步。秋天了，蒿草大多开花。有的开蝴蝶状小小的蓝花，一朵朵玲珑剔透；有的开流苏似的密集的紫花，一串串攀爬开去；有的由无数小白点般的白花羞答答组成撑开的伞，一把把风姿绰约。更多的是路旁铜钱大小的淡蓝色的野菊花，一丛丛生机蓬勃流光溢彩，却又透出几分寂寥和清高，是我最爱看的一种野花。铁路右侧是坡势徐缓的阔叶林，多是柞树桦树，绿得势不可挡。时有山鸟事务性地从中飞出，飞出来证明山里有鸟。铁路左侧就是玉米田了，一片片全是玉米，勉强腾出的小路上也没有人。

我决定继续走下去。五十年前走的只是校舍通往小镇这段，另一段从未走过。今天正好闲来无事，我决定走到底走到

头，看这条被废弃的铁路的前头到底有什么。走着走着，我觉得自己好像喜欢上了这被废弃的铁路。铁路确乎被废弃了，不再作为铁路发挥铁路的功能。上面不再有火车呼啸而过，不再有巡路工一路敲敲打打，然而铁路似乎并不在意，仿佛在说："你们理我也罢不理我也罢，反正我还是铁路。"

　　蓦地，我想起几天前的同学会——我初一时人家初三那个班的同学聚会，听说我回来了就把我也叫了去。这和我参加过的任何一次同学会都不同。没有光鲜得体的衣着，没有神采飞扬的面孔，没有大腹便便的老板、气宇轩昂的官员和煞有介事的教授硕导博导。不讳地说，满桌子不入流的面孔和不入流的衣衫，里里外外透出被严重磨损挤对的疲惫感。被废弃的一代！可这能完全怪他们吗？毕业时正赶上十年"文革"，改革开放时一个个拖家带口老大不小了，能要求他们人人来个"逆袭"吗？席间不知谁提起语文老师，说他的语文课尤其古文讲得好，随即不约而同地齐声背诵范仲淹的《岳阳楼记》："……居庙堂之高则忧其民；处江湖之远则忧其君。是进亦忧，退亦忧。然则何时而乐耶？其必曰'先天下之忧而忧，后天下之乐而乐'……"声音高亢而悲凉。其中背得最起劲也最完整的，是我身旁每天早上经我门前在小镇子吆喝卖"豆面卷子黄面饼"的这位绝对面黄肌瘦的学兄。

听的时间里，我陡然涌起一股异样的感动。

我继续沿着被废弃的铁路前行。路旁一棵极粗的杨树只剩得多半截树干和若干粗枝，不知枯死多少年了，也被废弃了。但愿有枯木逢春那一天的到来。钻过又一丛一人多高的榆树，铁路忽然在前面不远的地方中断：两扇涂着蓝漆的大铁门如截流一般拦住了两条钢轨。铁门前面一二百米开外有几排长长的平房和比平房高不多少的二层楼。正前面一座中间隆起的门楣上方嵌着隐约带有"八一"字样的红色五角星。军营！军营面积很大，平坦的草坪，整齐的绿化树、篮球架、橱窗、烟囱……在午后的阳光下，一切显得那么平和那么安谧。同样没有人，一个也没有，空无人影。这就是被废弃的铁路终止的地方，也是我的脚步终止的地方。

往回走我才注意到，大铁门附近的铁路下有一座桥，桥下是相当深的山涧。清澈的涧水在大大小小的石块间闪闪前流。水面上方有无数只蜻蜓如一架架小直升机往来盘旋。我从未见过那么多的蜻蜓聚在一起。

或许，中国的某处、世界上的某处保留一段被废弃的铁路——全是废弃的铁路当然让人不悦——倒也不坏。某种文化，大约就是这样的东西。

（2013年8月27日）

— 08 —

牵牛花和城镇化

　　已故阿根廷作家胡利奥·科塔萨尔的短篇小说《一朵黄花》十分耐人寻味。其中有这样一段话："它就开在路边上，一朵普通的黄花。我本来是停下来点根香烟的，却看它看出了神。有点像是那朵花也在看我，那种触动，有时候……您知道，谁都会有这种感觉，所谓的美感，就是那个。那朵花很美，那是一朵美极了的花。而我却死定了，我会在某一天永远地死去。那朵花很漂亮，永远都会有漂亮的花给将来的人们看。"（莫妮娅译）

　　暑假来乡下的我也每每出神地看某一朵花，看院子窗前某一朵花，此刻我就在看一朵大波斯菊（东北俗称扫帚梅），夕晖下一朵浅粉色的大波斯菊。触动我的是她的这样两个特点。

一是简洁。利利索索，干干净净，八枚花瓣，平面展开，一览无余，颇得"清水出芙蓉，天然去雕饰"的荷花风韵；二是显得聪明、灵动。所有花都不动的时候，她也机灵地轻轻摇颤，仿佛向我悄悄透露遥远的宇宙信息。有时我甚至觉得她们就像一个个灵感的物化，特别适合装饰书房案头。

大波斯菊旁边是百日草（东北俗称步登高），盯视她则是另一番感受。这是东北最常见的本土花种，也是最能走进我内心的花。花色几乎涵盖了所有颜色，正可谓五颜六色，尤以红粉两色居多。我每每盯住一朵单瓣深粉色的看好一阵子。她让我想起老屋，想起祖母，想起母亲，想起她们的面影。如今，老屋不在了，老屋中日夜操劳的她们也不在了。而这朵花却分明让我觉出不在的存在感。不妨说，这朵花开在了此岸世界与彼岸世界的临界点。

清晨起床后看得最多的自然是牵牛花（东北俗称喇叭花）。若一朵朵开在万绿丛中，粉红色的，宛如一湾绿水中的点点渔火；白色的，仿佛启明星仍在眨闪眼睛；紫色的，则如某种夜行动物专注而深邃的眸子。不过我最钟情的还是今天早上在仓房门旁开的那一朵——薄如蝉翼的娇滴滴的小喇叭上噙着圆滚滚光闪闪的露珠，给破旧而寂寥的仓房一角带来勃勃生

机和喜庆气氛。较之我，肯定是小仓房更为感激。

郁达夫在《故都的秋》那篇散文中说牵牛花"以蓝色或白色为佳，紫色次之，淡红色最下"。作为陪衬，他认为最好牵牛花下疏疏落落长着几根细细长长的秋草。王小波则最欣赏紫色的——"篱笆上开满紫色的牵牛花，在每个花蕊上，都落了一只蓝蜻蜓"（《我的精神家园》）。郁达夫显然受到日本审美情趣的影响。日本人倾向于喜欢蓝色牵牛花，若配以细细长长的秋草，纯然一首俳句了。王小波则很快将牵牛花同西方哲学家、逻辑学家维特根斯坦联系在了一起。不过有两点或可质疑：蜻蜓有蓝的吗？蜻蜓会落在牵牛花上吗？反正我都没见过。当然这点并不重要。小波不是在谈植物学和昆虫学，他是在谈精神家园。

遗憾的是，牵牛花生命过于短暂。在东北乡下，早上五时许张开小喇叭，而九时许太阳开始变强的时候，她就慢慢收起小喇叭，蔫了——生命仅有二百四十分钟左右。仓房门房这朵，即使有正房遮挡，也顶多坚持到十点左右。凝眸注视之间，不由得黯然神伤，得知美的极致是悲哀、美得让人想哭一类说法并非纯属文学修辞。是的，任何生命都要走向死亡，无论多么美丽动人。但另一方面，牵牛花的生命力又是极其强韧的。每朵花落后都留下一个胀鼓鼓的圆球，适当时候自行炸开，喷出二三十粒种子。一枝牵牛花不知开多少朵，喷出的种子就更不知多少了。第二年春天每粒种子都从泥土中拱出一对嫩芽。不仅牵牛花，前面说的大波斯菊和百日草也大体如此。也就是说，只要有一朵花，明年就会有许多朵花。所以胡利奥·科塔萨尔说"永远都会有漂亮的花给将来的人们看"。然而问题是，明年那朵花还是这朵花吗——是这朵花的转世或再生吗？佛教的回答大致是肯定的，由此产生了轮回之说并推而及人。科塔萨尔的回答也是肯定的。不同的是他没有推而及人，而断定自己"死定了""永远地死去"——"再也不会有一朵花"。并为此感到悲哀。

文章写到这里，大弟从不远的小村庄跑来兴奋地告诉我：好消息！这里要集中盖楼，全村的人都搬来这里上楼。要拆迁，要城镇化了！我听了却全然兴奋不起来。明年来我还会看到这三朵花，看到牵牛花吗？还会这么思索着看她们吗？我由衷地感到失望，感到悲哀，一种无助的深切的悲哀——哪怕牵牛花的生命力再顽强，种子落在水泥地上也是发不出芽来的。

（2013年8月28日）

— 09 —

我爱乡下

任教三十二年来，第一次整学期没有本科生课。研究生课晚两个星期，于是我得以在乡下多蹭了半个月。家人二十天前就返校了。临行前为我蒸了几锅馒头，包了几帘饺子，做了一盆酱牛肉——就差没烙一张大圆饼套在我的脖子上。这么着，二十天来，天天早上馒头中午饺子晚上酱牛肉，辅以从后院地里刨来的地瓜土豆和拔来的大葱。饭后则像普京总统检阅红场海陆空三军那样巡视一遍房前屋后的花花草草，而后开始读写译功课。不瞒你说，半个多月我一分钱没花，几乎把个钱字忘了。哦，钱？钱是什么玩意儿？是啊，只有花草树木明月清风而无需钞票的日子才叫快活。当然啰，如果全国人民半个多月都像我这副德行，国家统计局的官员怕是不好向总理汇报了。

所幸如此场景没有发生也永远不会发生。人们照样花钱消费。车模搔首弄姿，房市解除限购，阿里巴巴要在美国挂牌，超市收银台前争先恐后。就好像随着一声枪响，所有鸟儿从所有树上飞向天空后只有我这只傻鸟仍缩在巢里偷着乐。

问题是，不可能总是偷着乐。十五天也好，两个月零十五天也好，一天天争先恐后从我身旁悄悄溜走，剩下的只有我。而这个我明天也要溜走——大后天要给新老研究生上课了。我这一溜，剩下的就只有房前屋后篱笆内外的花儿们了。

早上起来，外面天空一副快要下雨的表情。我撑伞出门。出得大门往房后没走几步，果然有雨点啪啪嗒嗒落在伞上。清晨的雨，初秋的雨，清清爽爽，淅淅沥沥。后院篱笆外的树上爬满了牵牛花，树间是一长排翠菊。关东的秋，是牵牛花和翠菊的天下。喏，无数牵牛花齐刷刷密麻麻举起小喇叭。专注，整肃，生机蓬勃，旁若无人。翠菊呢，翠菊似乎永远只有粉色和紫色两种颜色。粉色的如情窦初开的邻院村姑，紫色的则如优雅娴静的旗袍少妇了。摇曳生姿，风情万种，而又透出几许伤感与寂寥的面影，可谓秋意的化身。

拐一个弯，就是西面篱笆了，网格篱笆。篱笆下是路。路两侧的房子多带红砖院墙。时间还早，加上下雨，二三百米

长的沙石路一个人影也没有，只有一只鸡在墙脚樱桃树下低头走动，不知是觅食还是散步。整个场景和气氛颇像俄罗斯画家笔下的油画。我在自家网格篱笆前停住脚步。篱笆前长着几株大波斯菊，浅粉色，深粉色，白色。细长的茎，舒展的花，无风自摇，从不歇息。这种花最大的特点是显得特别精神和机灵。一次我采来一束，随意插进从小镇旧货摊上淘来的老式大肚油瓶，放在书桌暖色布罩台灯旁边。晚间开灯，花与灯相映交辉，顿觉满室温馨，恍若仙境。因一篇论文陷入困顿的我也随之精神和机灵起来，灵感不期而至，文思自行喷涌。而后望着瓶发呆。半个世纪前我提着和这个瓶一模一样的大肚油瓶从十几里外的小山村走路来这座小镇的粮食所打豆油。每月每人四两还是六两？顶多六两。全家当时五六口人的油只能装到这大肚油瓶的大约肚脐位置。清贫的岁月，年少的自己。想不到五十年后我以如此形式与之邂逅……

　　下午雨过天青。我坐在窗前喝茶。迎窗是几丛百日草，东北习称"步登高"。在我见过的花中，唯有此花颜色最全，真正五颜六色。而且只仰不俯，开花时一定昂首朝天，一副登高之态。这是东北乡下最常见的花。于我是最富乡愁意味的花，连同祖母脸上慈祥的皱纹和终日操劳的母亲的瘦削的背影，带着永远的温馨和感动

定格在了遥远的记忆中——或许我是为这个才回乡下的。

看罢百日草，蓦然举目，白云正在山梁松树尖上缓缓飘移。除了看花，我还喜欢看云。云自由、自得、自在。或为朝霞，或为落晖，或为白兔，或为苍狗。合而横无际涯，分而惊鸿独飞，重而雷霆万钧，轻而吹弹可破。风受高山之阻，水有深壑之隔。千变万化自由自在，莫有如云者。古之智者曰云在天空水在瓶，古之诗人谓"行到水穷处，坐看云起时"。古之官员如唐代狄仁杰一生离乡宦游，某日公干途中，忽然望云思亲，下马立坡，泪如雨下……

总之，我爱乡下，爱乡下的一草一木。借用殷海光的话说，"我爱云、树、山、海和潺潺的流泉"，"我愿意像只蝴蝶在花间乱飞，我愿意像只小鹿在林间奔驰。"某日我在日记中写道：知我心者，唯瓜豆花草耳。况晨风夕月暮霭朝晖，复以鸡鸣野径蛙跃古池——彼村上何若此村上！村上川端井上田边，任我漫步其间。人间乐事，莫过于此。偶有故友来访，葡萄架下，把酒临风，东篱菊前，品茗谈笑，正可谓山中方一日，世上已千年。

然而明天我必须回去了，也应该回去了。我爱乡下，也爱课堂。或许，我终生都将往来于乡下与课堂之间。若将二者从我的生活中突然拿走，我很有可能不知如何生活。

（2014年9月14日）

—— 10 ——

那个格外冷的冬天

　　我是一九六八年冬天初中毕业的。本应七月毕业，但时值"文革"，无所谓学制。甚至毕业都算不上。一九六五年上初中，一九六六年"文革"，勉强上了一年课，代数只学到一元二次方程就没了下次——那能叫初中毕业吗？然而我毕业了，毕业回家，回家去生产队（村）干活。记得那年冬天冷得格外狠，说撒尿成棍未免玄乎，但滴水成冰绝不含糊。没想到，比这更冷的冬天正在那里等我。

　　十五六岁的我白天挥舞尖镐刨冻粪，晚饭后摸黑去生产队队部的大筒屋子开批斗会——批"地富反坏右"黑五类。批别人倒也罢了，问题是批的不是别人，批的是我爷爷，我亲爷爷。

　　准确说来，批的不只我爷爷。记得那天大筒屋子南北两铺大炕坐满了人。正中间房梁吊着一个一百瓦灯泡，灯泡下放一张瘸腿桌子，桌旁坐着政治队长、贫协主任，要挨批的三个人在桌前站成一排。三人年龄都五六十岁，胸前都挂着一块小黑板，头上都戴尖顶纸糊高帽，黑板和高帽上用白粉笔或毛笔歪歪斜斜写着三人的名字（名字被大大打了个红×）。爷爷个头高，站中间，罪名写的是"地主还乡团团长"。左侧谢二爷——"现行反革命分子"，右侧朱大爷——"国民党建军军长"。

批斗会开始前政治队长高声念毛主席语录："伟大领袖毛主席教导我们说：'千万不要忘记阶级斗争''阶级斗争，一抓就灵'。"念罢不知何故，小学没毕业的他居然足够流利地背了两句毛主席诗词："四海翻腾云水怒，五洲震荡风雷激，要扫除一切害人虫，全无敌。"批斗会先批我爷爷。红眼边贫协主任揭发说我爷爷枪法特准，曾一枪打下过两只野鸭子——"打鸭子都那么准，打人还能不准吗？快交代你打死过多少贫下中农！"爷爷分辩说自己只打野鸭不打人……"你还敢狡辩！还不认罪！"于是有人从后面按我爷爷的脖子叫他低头认罪。爷爷生性倔强，按一下他挺一下，死活不肯低头。这当口，坐在我身后的从县城一中高中毕业回来的小伙子突然举起拳头高喊："打倒林××！"没等我回过神，他又喊道："敌人不投降，就叫他灭亡！"很多

人随着他举拳高喊。有人捅我让我举拳。我没举拳，攥拳低头不动。地主夸爷爷活干得好我是听爷爷说过的，但那和当地主还乡团团长是两回事……

这就是我初中毕业回乡后上的第一堂课，我的"冬天"也由此开始了。再举个例子。家里八口人只父亲一人吃商品粮，剩下的都吃生产队毛粮。毛粮要用石碾石磨去掉外壳才能吃，为此要去生产队牵毛驴拉碾拉磨。驴少户多。为了抢先，我和弟弟后半夜不到三点就爬起来，踏着白茫茫陷脚的积雪，冒着无数针尖般的寒风，在满天星光下赶去一两里外的队部排号牵驴。但有时即使排在第一号也牵不回来——就因为我们是"地主还乡团团长"的孙子。看我们哥俩冻得什么似的白跑一趟，母亲心疼得直掉泪。实在没办法了，母亲和我、大弟三人只好替驴拉磨推碾。磨还好一些儿，而石碾太重了，重得让我不由得想起毛泽东《为人民服务》里的"重如泰山"之语。我和弟弟肩套麻绳弓腰在前面拉，母亲在后面抱着碾杆推。随着我们沉重的脚步，泰山般的碾砣吱吱呀呀一圈圈转动，谷粒开始在石碾下窸窸窣窣呻吟，极不情愿地脱去外壳。更糟糕的是，碾房只是个"马架子"（房子框架）围了几捆秸秆和玉米秸，下雪时棚顶漏雪，刮风时四面透风。风大了，碾盘上的谷糠连同

地下的灰和雪便打旋刮成一团，母子三人一时腾云驾雾，成了糠人、灰人、雪人。有老咳嗽病的母亲就更咳嗽了，单薄的棉衣下支起的瘦削的双肩痉挛一般颤抖不止。看得我心都碎了。那时最大的愿望就是拥有一头毛驴和不透风的碾房。

这还不算，连起码的娱乐和尊严也被剥夺了。一次劳动间歇时我吹笛子解闷，红眼边贫协主任厉声喝道："别吹那鸡巴玩意儿！"一位叫陶海河的中年人大概实在看不下眼了，对贫协主任说："孩子吹个笛子你也不让，你这人也太过分了！"并不夸张地说，那句话是冬天里的冬天仅有的一丝温暖、一缕阳光。

爷爷后来活到八十岁，活到改革开放后的九十年代。直到去世爷爷都没原谅欺负他的孙子的贫协主任，也没原谅就住我家后院的那位高喊打倒他的高中毕业生。"原先见面一口一个林大爷，怎么就一下子喊打倒我了呢？喊得出吗？忒不像话！"不妨说，爷爷至死都没理解"文革"是怎么回事。

多少年过去了。贫协主任和那个高中生都已不在这个人世。陶海河还在，仍能下田干活。近几年每年回去都去他家串门，硬塞给他一个红包——多少算是感谢冬天里的冬天那丝温暖、那缕阳光。

（2013年1月13日）

— 11 —

想必鞋也哭了

冬天到了。每个季节有每个季节的故事。春天有春天的故事，冬天也该有冬天的故事。问题是，如今大凡故事都好像比较温馨，而之于我的冬天的故事，却几乎清一色同冷、冰冷、寒冷连在一起。因此，较之故事，说记忆恐怕更为确切。

是的，冷！我祖籍山东蓬莱，生在东北。蓬莱冷不冷和如何冷我不知道，但再冷也肯定冷不过东北。那是真冷，东北话叫贼冷、贼冷贼冷、贼贼冷、嘎嘎冷。你可知道身体哪个部位最怕冷？耳、手、脚！尤其指尖和趾尖，又以趾尖为最。趾尖离地最近，离冰雪最近。俗话说十指连心。手指多少好些，可以哈气，可以相搓，可以揣进衣袖或插进怀里焐一焐。但这些对脚趾都用不上。脚趾是对抗冬天的排头兵，却又招数最少，战斗力最差。

唯一办法就是穿鞋。这在今天全然不在话下。软的、硬的，亮皮的、绒毛的，矮靴的、高靿的，五花八门，应有尽有。但过去不同。倒也有卖的，但品种极少，再说也买不起，大部分人穿自家做的鞋。

我是穿母亲做的鞋长大的。家里孩子不止我一个，我老大，下面弟妹五个。即使不算在外地工作的父亲和母亲自己，母亲也至少要做六双鞋，做鞋成了母亲入冬前后最辛苦的活计。那可不是来料加工，几乎所有料都靠自己。春天种麻，秋天割了放在河沟里浸泡，捞出剥皮晒干，此即麻批儿。往下就进入母亲的工序了。母亲一手提麻批儿，一手旋转两头粗中间细的纺槌，把麻批儿纺成细麻绳，用细麻绳纳鞋底——鞋底是用碎布头一层层粘合起来的，须用细麻绳密密麻麻纳起来才耐磨。说起来简单，但做起来可不得了。先用锥子钻眼，再用粗针把麻绳穿进眼里用力拉紧，如此上一锥下一锥上一针下一针反复不止。即使时过四十多年的此时此刻，眼前也照样清晰浮现出母亲纳鞋底的身影，尤其煤油灯下母亲投在糊报纸的泥土墙上的剪影。剪影并非总那么规则。母亲有咳嗽病，冬天尤甚，一咳嗽就咳好一阵子，瘦削的肩头剪影急剧地颤抖不止。

有时太厉害了，就抱着鞋底久久伏在早已熄火的火盆边缘……我不忍再看下去，每每把头缩进被窝。后来我搬去堂屋西边爷爷奶奶房间睡，虽然剪影看不见了，但半夜醒来会不时听到东屋传来母亲的咳嗽声。那是干咳，一声声仿佛从地洞深处传来，在万籁俱寂的小山村夜晚听起来格外清楚和揪心——从来没有什么声音让我那么持续地揪心，我睁大眼睛瞪着黑暗听着、听着……我为什么生两只脚，生两只非穿鞋不可的脚！

后来到底买了一双棉鞋，我们叫"棉水乌拉"。"乌拉"大概同塞进鞋里取暖用的乌拉草有关，"棉水"想必是棉絮胶底防水之意。因是胶底，鞋底不如母亲做的鞋暖和。好在系带，密合程度好些，而且较为"时尚"。可惜没穿几天就没了——一次放学后上山拾柴，山上雪深，鞋壳进雪湿了。晚上睡觉前母亲把湿了的鞋放进灶门口烘烤。那时我正上初中，学校离家远，母亲要摸黑起来做早饭。结果点火时忘了灶门口的鞋，连同柴火一起捅了进去，直到闻得一股橡胶味才想起。但鞋已烧焦了，不能穿。母亲心疼得哭了，我也哭了，想必鞋也哭了……

记忆中的再一双鞋同父亲的眼睛有关。当时我已初中毕业在生产队干活了。"棉水乌拉"也已过时，有人开始穿翻毛皮鞋了。而我脚上仍是一双破旧的"棉水乌拉"。一天去镇里林场干活路上碰见迎面走来的父亲。不知为什么，差不多在几十米开外我就感觉他的眼睛盯着我的鞋，脚背明显觉出他的视线。我想他一定心想：儿子的鞋够破旧的了，他也不算小了，是不是该给他买双翻毛皮鞋……实际上我也暗暗怀有那样的期待，但终归未能实现。一次我的视线无意中落在他脱在炕下的鞋上：父亲的鞋也够破旧的了，况且他还在公社当干部。贫寒中的父子，贫寒中的母亲，鞋！

　　再后来我用生产队为我去林场打工每天补贴的两毛钱——当然攒了好久——买了一双翻毛皮鞋。我得意地穿着那双皮鞋去生产大队当了团总支书记、当了民兵连长，后来又穿去省城上了大学。

（2013年1月13日）

― 12 ―

消失的老屋

　　寓所与新校区之间往返路上，要经过一座村落。村落很大，集中铺陈在山丘间较为平坦的谷地。高踞校车，大体一览无余。多是青砖或红砖平房，俱带小院，院里有几棵遮阴的树，树下或有一畦绿油油的瓜菜。"鸡鸣桑树颠"固不可见，"狗吠深巷中"则时有所闻。对于窝在城里"蜗居"的教书匠，倒也不失为赏心悦目的田园风光。尤其下课归来的傍晚，每次我都静静注视，上课收紧的神经顿时得以放松下来。我所以没买车而坐校车，这也是个小小的理由——总不能边开车边这么一个劲儿歪头注视吧？

　　如此三四年过去。可惜，去年秋冬之间情况出现了颠覆性变化：推土机、铲车、翻斗车开进了村落。村落很快土崩瓦解，墙倾脊摧，果蔬花草，一片狼藉。路旁同时竖起花花绿绿的广告围墙，上面有开发商花花绿绿的名称，有"效果图"花花绿绿的高楼，有城镇化主题花花绿绿的标语。每次路过，我都在校车座位上无声地叹息一声。我能说什么呢？那里既不是讲演会场又不是讲课教室，作为我全然没有话语权。我能冲进工地叫他们停下来保留田园风光，以便让我赏心悦目、让我放松神经吗？即使作为虚拟场景，那也太可笑了，我再可笑也不至于可笑到那个地步。

后来，山坡上的"幸存者"吸引了我的目光。那是一座独门独院的青砖平房，院落相对大得多。房前长着三棵枣树，房后立起两棵柿树。柿树叶几乎落尽，唯独金黄色的柿果挑在枝头，在蔚蓝的晴空下显得那般鲜明，那般洒脱，那般洗练。一种纯粹的美，美的极致。莫非铲车们也动了恻隐之心来个铲下留情？然而现实这东西到底是残酷的。不出几日再次经过时，房盖便被铲掉了，柿树枝也有的折断——这里不存在恻隐，不存在修辞，不存在美。

面对这样的场景，房子的主人会怎么想呢？村落的农民们会怎么想呢？会为保护自己度过几十年欢乐或不怎么欢乐生活的老屋的分崩离析无动于衷吗？会为"效果图"上长不出柿树

的高楼套间手舞足蹈吗?

　　若是我,我不至于。是的,我想起了自己的老屋。老屋同样独自坐落在一片山坡,院落同样较大,房前屋后同样有树。当然,由于地理和气候原因,不是枣树不是柿树。

　　那是一座三面环山的小山村。老屋所在的山坡是西山坡,其余几户人家的房子在北山坡和东山坡,西山坡只有我们的老屋。老屋是我上小学三年级的时候由爷爷盖的。那里原来堆着公社准备用来建饲养场的一堆石头和简易房架,爷爷基本没有请工,自己一块石头一把泥盖了四间草房。父母带着我和两个弟弟住东屋,我们从此算是有了自己的房子。三个妹妹相继出生后,东屋一间住不下了,上初一的我就搬到爷爷的西屋。东屋留给我最确切的记忆,是我在煤油灯下趴在窗台或矮脚桌上做作业和摘抄漂亮句子时,灯火苗时而"嗞啦"一声烧焦额前的头发。西屋给我的最大快乐,无疑是悄悄撬开当兵的叔叔的书箱翻看里面的小人书和好多本厚厚的小说。至今还记得那本《小小十年》中的所谓性描写激起的缤纷想象和一阵阵心跳。

　　几年后,考虑到当兵的叔叔可能回来结婚,房子又盖了四间。时间大概是一九七〇年。

　　一九六八年初中毕业回乡的我和小学辍学的弟弟在生产队

干了一两年，挣了二三百元钱，在外地公社工作的父亲买了木料，就在老屋南园篱笆外新盖了四间。盖新房我出力最多的是打地基——每天中午下工吃完饭，我就和弟弟用绳子拴住一截粗木桩，在夏天的大太阳下，一上一下夯实地面，不知夯了多少个中午，落了多少汗珠。因此，新房对我又多了一层意味。一九七五年我大学毕业南下广州后，老房子和新房子于我都成了老屋。

老屋！前后左右栽了那么多杏树、李树、樱桃树、海棠树、山楂树，爷爷栽的，爸爸栽的，我栽的，记不清有多少棵了。春天开花的时候，红的粉的白的，如一片片彩霞忽一下落在老屋四周。随后撑开一把把翠绿的帷盖，摇曳生姿，浓荫匝地。夏秋时节当然果满枝头。尤其房后那几棵高大的歪脖子杏树，舒展的枝丫几乎把黄杏送进后窗，送进嘴里。还有的罩住草房顶后坡，每当落在枝头的喜鹊腾空而起，熟透的杏就顺着斜坡咕噜噜滚落下来。太多了，只好由馋嘴的小松鼠帮忙吃掉……

晨曦微露时分，轻盈的雾霭如一块块白丝手帕在老屋前的山谷间缓缓飘移；山衔落日之际，但见一缕缕金黄色的夕晖穿过西山坡松树林洒在院子篱笆的眉豆花上，无比温馨，无限风情。但最让我动情的还是秋夜，借用梁实秋《雅舍》里的话，

"看山头吐月，红盘乍涌，一霎间，清光四射，天空皎洁，四野无声，微闻犬吠……等到月升中天，清光从树间筛洒而下，地下阴影斑斓，此时尤为幽绝。"

而这一切都毁于老屋所在的西山坡另一侧为盖楼修路开的采石场。炮声轰轰，石块纷纷，有的甚至落到老屋房顶。人不敢住下去了。及至两年前的夏天我回去一看，废弃的石渣堆积如山，拔地而起——甭说老屋，就连老屋的准确位置都无从判断了。老屋从此消失，世间再无我的老屋。

为了纪念我的老屋，也为了天底下所有的老屋，为了游子的乡愁，我写下了上面这些文字。

（2014年2月6日）

── 13 ──

青春：修辞与异性之间

最近，《致我们终将逝去的青春》等青春题材电影的上映，让我想起了青春和我的青春。

青春！若问青春始于何时终于何日，我以为十五岁至二十五岁大体是不错的。但具体到个人头上，则因人而异。比如村上春树，他说他的青春终止于三十岁——三十岁时的一件小事。当时他同一位美貌女子在餐馆碰头，边吃东西边商量工作。因为对方同他往日热恋过的一个女孩长得太相像了，遂说："嗳，你长得和我过去认识的女孩一模一样，一样得让人吃惊。"对方微微笑道（笑得极其完美）："男人嘛，总喜欢这样说话。说法倒是蛮别致的。"就在这话音落下的一瞬间，村上觉得自己的青春帷幕也随之落下了，自己已然"站在不同

于过去的世界里"。

　　至于村上的青春帷幕何以因此落下，内幕自是不得而知。不过有一点可以断定，村上的青春肯定和女孩、和恋爱有关。也不光村上，绝大多数人都难免这样。

　　可我不这样。

　　这是因为，我的十五岁至二十五岁这青春十年，几乎与"文革"十年相伴始终。"文革"固然荒唐无比，却也没有荒唐到不许恋爱不让结婚的地步。但作为事实，翻阅那十年期间的日记，"女孩"啦、"恋爱"啦等字样的确一次也没找见。不瞒你说，这个结果让我怅然有顷，又诧异良久。那算是怎样的青春呢？那还能称为青春吗？

　　更令我诧异的是，我居然做了不少与轰轰烈烈的"文化大革命"两不相干甚至背道而驰的事。例如抄字典。日记中分明写道："一九六七年五月二十四日做'四角号码、新华字典摘录'始"，"一九六七年九月二十五日做'四角号码、新华字典摘录'初稿终"。为什么摘录字典呢？这我记得很清楚。我有一本《新华字典》，一个名叫左良的同班同学有一本《四角号码字典》。里面收的字和词条及其释义虽大致相同，但例句不尽相同。想买《四角号码字典》却买不到（"文革"期间各类字典俱被"革"掉），而自己又对那些不同的例句割忍不下，只好借来两相对照，将前者有而后者无的例句"摘录"下来。足足抄了四个月时间。抄一遍后嫌不够工整，又工工整整重抄一遍。而且不是抄在现成本子上。因为现成本子有格，容量小，再说比较贵，所以我买来大张白纸，裁成三十二开大小，前后用硬纸壳夹了，钻洞用线订好。从学校回来或上山打柴回来后，我就趴在吃饭用的矮脚炕桌或柜角、窗台上用蘸水笔一笔一画摘抄字典。那时小山村还没通电，天黑后就对着一盏煤油灯低头抄个不止。冬天屋子冷，脚插进被窝，不时哈气暖一暖手。有时头低得太低了，灯火苗就"嗞啦"一声烧着额前的头发，烧出一股烧麻雀般的特殊的焦煳味儿。

也是因为这种特殊记忆，那上下两册字典摘录至今仍躺在书橱深处。四十多年来走南闯北，我始终把它们带在身边。偶尔找出，或轻轻抚摸它们破旧的封皮，或把它们紧紧贴在胸口，或嗅嗅纸页的气息，心中顿时涌起别样的情思，当年的自己倏然萦回脑际——它们陪伴和见证了我的一段青春岁月。我的青春也因之没有终止，即使在早已年过半百的今天。

回想起来，较之抄字典，看书抄录漂亮句子所花时间更多，那可以说是日常性的。下面就让我翻开一本读书笔记，从

中举例若干：古人云"不教而善，非圣而何；教而后善，非贤而何；教亦不善，非愚而何"（《西游记》）/光朗朗的一个声音，恍若鹤鸣天表；端溶溶的全身体度，俨然凤舞高岗（《英烈传》）/有泪有声谓之哭；有泪无声谓之泣；无泪有声谓之号（《水浒传》）/勇将不怯死以苟免，壮士不毁节而求生（《三国演义》）/来今往古，人谁不死？轰轰烈烈，万古流芳（《说岳全传》）/冻死迎风站，饿死挺肚行（《战斗的青春》）/她那双明媚黑亮的大眼睛，湿漉漉水汪汪的，像两泓澄清的沙底小湖（《苦菜花》）/一线曙光从北中国战场上透露出来，东方泛着鱼肚白色。黑暗，从北方的山岳、平原、池沼……各个角落慢慢退去。在安静的黎明中，加拿大人民优秀的儿子、中国人民的战友，在中国的山村里，吐出了他最后一口气（《白求恩大夫》）……粗略数了数，这本读书笔记涉及的书目至少有七八十种，时间跨度为一九六六至一九七〇，即自己十五至十八岁之间，大体相当于人们最不看书也无书可看的"文革"前半期。在这方面，我必须感谢父亲那个书箱和偷偷借给我书的伙伴们。

看书抄录漂亮句子这个习惯在我一九七二年上大学以后仍持续了大约四年。这么着，我的青春时代有很大一部分是由文

学语言修饰着的。也就是说，对于修辞的迷恋在很大程度上取代了对漂亮异性的迷恋。而修辞也回报了我。由此形成的修辞自觉几乎使我在重要场合的每一次发言、每一篇文章都引起了周围人的注意和赏识。这带给我一个又一个宝贵机会以至若干人生转折点。不仅如此，修辞还让我在心田为自己保留了一角未被世俗浸染的园地，让我保持着五彩缤纷的文学想象力、不息的激情，以及对美的感悟和向往……

（2013年6月2日）

— 14 —

我和副厅级

上海。来上海开会。无须说，较之会上的发言，还是会下的发言更能畅所欲言，更能推心置腹。与会者中有一位某上海名校举足轻重的副职，绰绰有余的副厅级。而我和他交谈最多。这倒不是因为我想和副厅级套近乎沾官气，而是因为彼此是二三十年的老相识了。那时他当然不是副厅级，大体和我彼此彼此。同样一身看上去相当够档次的地摊货，同样一副傲慢和谦卑难分彼此的神情，同是平头教员，开会住同一个房间一同研讨领带的若干种打法。今非昔比，如今我们都有了若干套真正够档次的西装和若干条有可能得到女性礼节性夸奖的领带。这回研讨的，则是若干年退休后的打算。这方面我可谓蓄谋已久，兴致勃勃地坦言相告：退休第二天就卷起铺盖打道回府，返回乡下老家。房前屋后，种瓜种豆，种瓜吃瓜，种豆吃豆，不用化肥，不用农药，不用激素，吃起来是何等开心何等放心何等……我正说得来劲儿，副厅级忽然以副厅级的语气插话进来："那么我问你，既然不用化肥，那么就要用农家肥吧？'文革'上山下乡，你我都在乡下干过几年农活儿，难道你不知道牛屎猪屎是臭的？再说自己种瓜种豆能种出几个品种？可城里超市有多少品种？我说老兄，陶渊明陆放翁吟得做不得的。去乡下种瓜种豆？要去你去，我可不去！"

是啊，当年我们都同样干过农活儿，几年后同样作为工农兵学员上了大学，毕业后同样教日语搞翻译。不同的是他后来有了行政级别而我没有。但我总觉得这点不足以从根本上决定我们对种瓜种豆的态度。那么决定性因素是什么呢？我明白了，是出身！他出身上海。生在上海，长在上海，离开上海又返回上海，去安徽乡下务农只是他人生旅程临时停靠的荒野小站，如一颗偶尔偏离运行轨道的行星。一句话，他是城里人——"阿拉上海人！"实际他也很快撇下我和另一位与会者讲上海话去了。于是，我一个人拐去一条荒草隐约的砖铺小径。我没有为此产生失落感，反而觉出几分释然。我知道，在某种意义上，上海话是上海人的精神故乡，是上海出身的城里

人的胎记。

我呢？我不同。我出身农村，说得文学些，出身乡间，是乡下人。而且是毫不含糊、毫无折中余地的乡下人。乡下是我的"阶级烙印"和精神胎记。四十余载的城市生活固然是我冲破乡间时空制限的成功尝试，是表现乡下人生命能量或其灵动的奋力突围，但说到底，城市终不过是自己人生旅程一座座巨大而辉煌的中转站，而终到站仍是荒野小站——那个曾是始发站的仅有五户人家的小山村。这意味着，我仍是乡下人。在经历了近半个世纪的自由奔放而又危机四伏的羁旅之后，旅人越来越思念自己出走的故园空间，思念屋后的土豆花南瓜花，思念房前的黄杏和歪脖子垂柳，进而回归宁静而带有荒凉以至终末意味的乡间，让生命的强度和广度在此渐次弱化、收敛以至衰老——在故园的花草树木的拥抱中，在清晨鸟叫和傍晚蛙鸣的陪伴下……

或许，我们每一个人都像一条大马哈鱼，无论在大海游出多远，无论海底龙宫的公主们多么妖冶迷人，无论海面的惊涛骇浪多么催发斗志，也还是要游回自己出生和出走的地方。那个地方，对于上海人就是上海，对于我这个乡下人就是乡下。这一宿命式取向，可能无关乎副厅级或正高级，无关乎"中转"的时间

跨度，而更关乎出身——关乎"烙印"，关乎"胎记"。

不过，那个仅五户人家的小山村是回不去了，它已被附近石场那个巨大的"鼠标"彻底删除。作为替代符号，我在当年的公社所在地、如今的小镇的镇郊山脚得到了一处院落。五一回来一次，新栽了二三十棵柳树榆树柞树山核桃树，确认了去年栽的四五十棵李树杏树海棠树。宿根的蜀葵那时就已忽一下子蹿出地面，及膝高了，舒展的叶，挺拔的茎，绿油油迎风摇曳。在青岛城里伏案读写的间隙，或晚饭后散步路上，我每每想象树上的新叶和蜀葵的花蕾，想象弟弟代种的瓜豆，想象傍晚远山迤逦的晚霞和夜空劈头盖脑的星星……越想越盼望暑假的到来。

现在，暑假终于到来，我终于返回乡下。写这篇小稿的此时此刻，蜀葵正在窗口盛开怒放，粉的，白的，白里透粉的。新栽的海棠树正在门前炫示崭新的叶片。再往前一点点，去年栽的樱桃树已经缀满娇滴滴圆滚滚的红色珍珠……

我到底属于这里，属于乡下，一如副厅级属于上海。

（2014年7月5日）

— 15 —

乡下人：锄头与麻将

倒是两三年前的事了。某日在上海和上海朋友聊天，聊起乡下人。朋友劝我在上海别随便说出"乡下人"三个字——"乡下人"是上海最伤人的话。随即如此这般解释一番。我这才明白，上海语境中的"乡下人"，其实比北方人口中的"乡下佬""土老帽"以至"土老鳖"还有杀伤力。依我的理解，后者主要指出身，相当于大观园语境中的刘姥姥，歧视之余，不无戏谑性善意。然而"乡下人"不同，除了乡下出身之人的本义，而且具有不知趣、不识相、不懂风雅、没教养没文化没品位等引申义，莫如说引申义才是其要义。在这个意义上，纵然曾混迹于"十里洋场"或出身于上海滩，也未尝不可以是"乡下人"。

　　而我，不论就本义还是就引申义而言都是乡下人。出身于仅有五户人家的小山村；至于不知趣不识相的表现，平均每天至少有两三次，乃是我连党支部副书记都没的当的致命原因。这方面唯一的优点，是我从不掩饰我是乡下人，更不歧视乡下人——人怎么能自己歧视自己呢？对吧？不过，除此之外，我还必须承认其中多少含有意识形态因素，或者说受到历史上工农至上风潮的影响。

　　对于工农，尤其对于农民即乡下人的评价之高热爱之切，有两例可谓登峰造极。一是一九四二年毛泽东《在延安文艺座谈会上的讲话》所讲的："拿未曾改造的知识分子和工人农民比较，就觉得知识分子不但精神有很多不干净处，就是身体也不干净。最干净的还是工人农民，尽管他们手是黑的，脚上有牛屎，还是比大小资产阶级都干净。"另一例是一九二一年郭沫若写的诗《雷峰塔下（其一）》："雷峰塔下/一个锄地的老人/脱去了上身的棉衣/挂在一旁嫩桑的枝上/他息着锄头/举起头来看我/哦，他那慈和的眼光/他那健康的黄脸/他那斑白的须髯/他那筋脉隆起的金手/我想去跪在他的面前/叫他一声："我的爹！"/把他脚上的黄泥舔个干净。"如何？关于农民，关于乡下人，此外还能说什么呢？除了在姑娘们眼里——姑娘们始终冷静——世界上还有谁能比得上乡下人的干净和可爱呢？

不过实不相瞒，近年我所以一放暑假就赶回乡下，却不是因为这个。而大多是为了在故乡的红花绿树晨雾晚霞中获取一分内在的平静，让那颗在都市的污染、喧嚣和忙乱当中变得自己都陌生的心姑且得以恢复。是的，山大体是原来的山，水基本是原来的水，花草树木也并没有给什么转基因弄得突然讲出一句乡下味儿英语。不过有一点必须承认：乡下的人的确变了。眼光也还慈和，黄脸或许健康，须发也有的斑白，但几乎无人手握锄头锄地了，脚上别说有牛屎，连牛都很难见到了。"日之夕矣，羊牛下来"彻底回归《诗经》。

说痛快些好了，人们手中的锄头换成了麻将！看陈逸飞笔下的和老月历牌上的旧上海情景，麻将给我的印象其实不坏：旗袍、玉指、美貌、倦慵而不失优雅的神情以及西式公馆、老式桌椅……颇有一种上流社会特有的格调。向往固然谈不上，但隐约觉得世界上某个角落存在这样一种场面倒也未尝不可。毕竟不可能要求人人脚上都沾黄泥都有牛屎，也没那个必要。有人脚上有牛屎，有人打麻将，这就是所谓世界。就连伟大的梁启超先生也不反对打麻将。他曾说只有看书能让他忘记打麻将，也只有打麻将能让他忘记看书。

不过——也许因为我是未改造好的知识分子或大小资产阶

级之类——我觉得麻将这东西在乡下各个角落一齐打起来似乎不大是那么回事。例如我弟弟那个村庄，在家的连老带小不足一百二十人却有八张麻将桌。一进村就让人觉得哪里不对头。家家户户，别说栽花，甚至房前屋后的瓜菜都没人精心侍弄。至于环境卫生，更是一塌糊涂，杂草丛生，垃圾遍地。不妨说，人们的心思全都扑在麻将桌上了——麻将剥夺了人们起码的劳作愿望和审美追求。我所在的小镇具体有多少麻将桌我不知晓，但我每次去附近一两家小卖店，那里面都在打麻将。狭小幽暗的空间，麻将桌几乎紧贴柜台。包括店主在内，衣着不整的四位大妈八个眼珠只顾盯视麻将，手边连同麻将堆着零乱的纸钞。得得，麻将那东西是在这样的场所这样打的吗？

尤其让人费解和担忧的是，麻将不仅取代了锄头，而且取代了所有正面文化活动。几十年前小镇供销社还有卖书卖本的柜台，老榆树下还有两分钱租看一本的小人书摊。现在呢？没有书，没有报，纸都没有，老榆树也没了，只有麻将桌。而且，按当地人的说法，没有白磨手指头的，多少非动钱不可！

倘上海画家陈逸飞仍在世，不知会不会把这样的麻将画进油画。

（2013年8月14日）

— 16 —

背叛家风得来的《千家诗》

中央电视台春节推出"家风"系列报道，使得家风一时成了话题。是啊，多少年来我们主要谈党风、政风、民风，很少谈家风。其实在某种意义上，家风才是根子。古人讲修身齐家治国平天下，真是讲到了点子上。无以齐家，何谈治国。而齐家，首先要有好的家风。不用说，家风又往往同家史有关。

据父亲生前撰写的家族小史，我的祖辈是一八四〇年前后（清道光年间）由山东省登州府蓬莱县辗转迁至东北的，即所谓闯关东。家谱从闯关东上一代开始，到我这代是第九代。林姓乃是商王朝比干后裔，以文经武略道德文章彪炳青史者比比皆是。但我们这一支由于家谱无法远溯，想攀高枝也攀不上。爷爷在世时最喜欢讲林冲——水浒一百单八将在爷爷眼里只剩林冲一将——每次在炕头上讲起来都眉飞色舞，仿佛我们是林冲后人。我那时还小，也就觉得自己身上没准流淌着豹子头林冲的血液。后来才明白，林冲本身都是虚拟人物，不可能和我们有DNA现实性关联。

但若说我们都比不上林冲，却也未必。作为八十万禁军教头，林冲武艺固然高强，遗憾的是英雄气不足，老婆受人欺负都想忍气吞声。而我们这一支虽然世代务农，但至少有过两次英雄般的壮举。一次发生在一九一三年，那年是个灾年，作为租地户，地里打的粮食仅够糊口，而东家死活不肯减租。人穷志不穷，我的祖太爷硬是提一把斧头把身为县警督的地主告到省城，不依不饶告了半年，最后地主不得不把口粮退回。这使得林家在十里八乡名声大震。另一次发生在一九三二年。那时林家已发展成当地大户了，有地有粮有车有马。于是"胡子"（马匪）上门勒索钱财。祖辈们不服，从院墙四角的四个炮楼开枪开炮，同"胡子"火拼三天三夜。"胡子"久攻不下，遂投火把烧了林家大院。家道因之中落。

这两次壮举，爷爷不知讲了多少次，一讲就两三个钟头。讲故事似的，绘声绘色，活灵活现。不妨说，家族间流传怎样的故事就有怎样的家风。这两个故事一代代流传下来，就逐渐

形成一种刚烈家风，说白了，就是吃软不吃硬。爷爷这样，爸爸这样，叔叔这样，我也这样。我们会为一句软话怒气全息甚至感激涕零。而若对方瞪眼珠子挥舞拳头，就非拼个你死我活不可，绝不像林教头那样半夜咬着被角吞声哭泣。

另一个也大体由故事传递的家风，就是不占小便宜，宁吃亏也不占便宜。那年月乡下穷，吃不饱，小孩子钻进别人家园子摸瓜摘李是常有的事。但听爷爷说，林家小孩绝对规矩。冻死迎风站，饿死挺肚行，不是自己的东西不动。因此土改分田分地的时候，乡亲们都争着抢着和林家为邻。还有，"大跃进"时期爷爷当生产队食堂管理员兼会计，连一根葱都不往自家拿。爷爷病的时候，乡亲们宁可叫上小学的叔叔代爷爷算账开票也不找人替。记得有一年过年家里用报纸裱墙，爸爸用毛笔在墙上写了一些格言名句，其中就有"勿以善小而不为，勿以恶小而为之"，用以自勉自律。实际上父亲也是这么做的。前年回老家时拜访中学时代的教导主任，老主任一见面就夸我父亲——父亲当书记时他是校长——"林书记（我父亲）手脚真是干净，不占公家半点便宜，退下时连学校给买的塑革公文包都留下了。可他的前任呢，居然把学校分给的房子当自家房子卖了，钱揣进自己腰包……"

　　在这样的家庭环境或家风中长大的我也从不想占谁的便宜，小的也好大的也好。不不，且慢！好像背叛家风占过一次便宜。不错，那是一九六七年，"文革"开始的第二年。由于"文革"，几乎所有的书都被扫荡一空甚至付之一炬。而我竟鬼使神差地从同学手中借得一本线装《千家诗》，那是真正的线装书，书页薄如蝉翼，"上海大成书局印行"。"云淡风轻近午天，傍花随柳过前川。"妙！同毛主席诗词中的"四海翻腾云水怒，五洲震荡风雷激"完全是两个世界。书后附有笠翁对韵："天对地，雨对风，大陆对长空，山花对海树，赤日对苍穹……"绝！也就是说，这本诗集在我面前豁然推出另一个天地。这么着，当同学催我还书时，我做出无限羞愧的样子，谎说丢了："真的丢了，说谎是小狗！"

　　若干年前我得到一张我没在场的初中同窗会合影。尽管四五十年没见了，但我还是一眼就把那位同学找了出来，样子颇像小老板或企业家。我不由得叫出他的名字："刘玉文！"随即心想，假如当年我把那本《千家诗》还给他，那么，说不定我是小老板而他是翻译家，我是企业家而他是教授——我占的是小便宜还是大便宜呢？该不该占那个便宜呢？

（2014年2月26日）

― 17 ―

爷爷的"林冲"和奶奶的烧土豆

　　闲来翻阅过期杂志，年初《博客天下》上面的一幅照片让我看了好一会儿。那是二〇一二年十二月三十日习近平总书记视察河北时看望龙泉关镇骆驼湾村唐荣斌老人一家的照片。老翁、老媪微笑看着总书记。总书记像从远方归来省亲一样看着他们说着什么。此外有个想必是二老孙子的小男孩。四人围着火盆盘腿坐在炕上。炕头直接连着灶台。阳光从炕梢一侧射在四人身上和泛白的墙壁上。冬天的阳光，淡淡的，亮亮的，使得整幅照片看上去明朗而温馨。

　　火盆，泥火盆！我的目光最后落在四人围坐的泥火盆上。确是泥火盆。形状如一个扩大了的碗，只是底座高些，边沿宽些、厚些。泥土色。火盆里的火不是炭火也不像木火，而似乎是玉米秸之类的柴草火。小男孩把脚底板贴在火盆底座取暖。

异乡人 Stranger

　　五十年了，整整半个世纪了！如果习总书记不坐在那里，那无疑是我当年场景的再现！那个小男孩就是我！我和爷爷奶奶围着，对着那样一个泥火盆坐在炕上。不同的是，照片上的小男孩好像还没上学，而我已经上小学了。有时歪在火盆边靠着奶奶膝头看小人书，有时脚贴火盆肚听上过三年私塾的爷爷讲今说古。也许因为同姓的关系，爷爷最喜欢讲《水浒传》豹子头林冲。但从来不讲老婆被人调戏而他忍气吞声的窝囊事。专门讲他作为东京城八十万禁军教头武艺如何高强如何英勇。后来上了梁山也是一百单八将中最有两下子的。总之，一部《水浒传》在爷爷口中差不多成了"林冲传"。后来我自己看了《水浒传》才知道，其实跟林冲武艺不相上下的至少有玉麒麟卢俊义、大刀关胜、霹雳火秦明、金枪手徐宁等人。不过，包括本家林冲在内，我倒不大喜欢这些官军出身的人。我喜欢的是黑旋风李逵、花和尚鲁智深那样的江湖侠客，爱憎分明，为民除害。武艺未必比得上林冲，但武艺不是一切。我当然不敢对爷爷这么说——爷爷不耐烦晚辈反驳他——仍在火盆旁边乖乖听爷爷一遍又一遍讲林冲。光讲林冲还嫌不过瘾，后来又讲起了东北四野的林彪。其实最值得林姓人自豪的应该是敢烧英国佬鸦片的晚清重臣林则徐，可惜爷爷不知道。顺便说一句，许许多多年后他又讲起了我——我考上研究生后，我爷爷逢人就说："我大孙子

考上了研究员！"（我至今都不晓得"研究生"何以在爷爷那里成了"研究员"。那时还没有"研究员"这个职称。）再后来我翻译的日本二十八集电视连续剧《命运》在全国播出，爷爷抓住大凡所有机会，指着荧屏上的字幕高声宣布："喏，那就是我大孙子、我大孙子！"此是后话。

下面说奶奶。奶奶姓朱。或许因为不识字，从来没听奶奶说起过朱元璋、朱德朱老总，没准她连这两个古今大人物的名字都不知晓。估计她也没有同姓族人意识，她所关心的是远为具体而实际的事情，比如烧土豆，给我烧土豆。对于奶奶，比之大明开国皇帝朱元璋，让大孙子吃上自己烧的土豆要紧得多。

那时不比现在，日子本来就过得紧紧巴巴，加之赶上六十年代初三年困难时期，毫不夸张地说，真真落到了吃糠咽菜忍饥挨饿的地步，咀嚼成了绝大多数国民最奢侈最迫切的活动。当时我正上小学初年级，若非母亲不时瞒着弟妹们让我带掺菜少的玉米饼子和偶尔加个咸鸡蛋，我能否读完小学都是个问号。每天放学回家肚子都饿得咕咕叫。冬天尤甚，除了雪，路上找不到任何可以放进嘴里的东西。于是我到家放下书包就扑到西头爷爷奶奶屋里。总是坐在炕上火盆旁抽长杆烟袋的奶奶问一声"放学了"，就在火盆边磕磕烟袋锅，拿起火铲往火盆里挖。那可真是旭日东升霞光万丈的一刻——一个烧得焦黄焦黄滚圆滚圆的土豆从灰中火中露了出来！有时我都等不及剥皮，拿起来左右手倒腾几下，噗噗吹几下灰，就一口咬将下去。那才叫好吃，才叫香，香得我几乎抱着脑袋在火盆旁打滚。可以说，那时我的所有理想所有愿望就是吃奶奶的烧土豆，为吃烧土豆而"时刻准备着"！说来也真是不可思议，奶奶对我特别偏心。那时我的老叔即奶奶的老儿子在上初中，也正是吃东西的年龄——一天放学饿得倒在山坡上几乎爬不起来——但奶奶还是只把烧土豆留给我吃。有一次，我的小姑同我抢烧土豆，奶奶白了她一眼："别跟我大孙子抢东西吃，没大没小的！"其实小姑比我大不了多少。

奶奶是我大四那年冬天去世的。当时我正在辽源电厂学工，很远，家人没告诉我。放寒假回来时奶奶已经入土了。我怀揣一个土豆，跑到到处是积雪的后山坡奶奶坟头前跪下，把土豆放在奶奶坟前："奶奶，我多么想吃你的烧土豆啊！"一时泪如雨下，泣不成声。

多少年来，土豆始终是我的最爱，怎么吃也吃不够，天天吃也吃不够。但烧土豆再没吃过——那是没机会吃也不能再吃的永远的烧土豆……

（2013年7月19日）

— 18 —

三十九年前的童话

比之老外，国人至少多占了两个便宜。一个便宜是汉字带来的。当老外读几百年前的莎士比亚读得抓耳挠腮的时候，我们却能和悠悠相隔两千余载的孔老夫子息息相通："有朋自远方来，不亦乐乎！"另一个便宜，就是我们每年过两个年：阳历新年与阴历新年，即元旦加春节。当然，这也因人而异。比如敝人，常年案牍劳形，抓耳挠腮（我倒不是因了读莎翁），休说阳历新年，纵使阴历新年的除夕也大体没的歇息——连一个年也没正经过过。我没过，家人自然很难过得舒心。这样，我决定今年一定好好过年，过个好年，过个像样的春节。

没想到，落实起来并非易事。自不待言，不少人回父母身边过年，而我的父母均已过世，无处可回。几个弟弟妹妹倒

是都在家乡，但那绝然是两回事。不是人家不热情，问题完全在我。这么着，往下上上之选是陪妻回娘家过年。妻自然欢喜。说夸张些，一副喜出望外的表情，兴冲冲抄起电话报告。岂料，妻的娘家即岳父岳母大人所在的广西边陲，民俗颇有差异：出嫁的女儿过年回家可以，但不能住在娘家！言外之意，放下礼物红包赶快走人。听得妻一脸茫然，遂心生一计："住我妹妹家！那里新加了一层，三层楼，三楼闲着。"又兴冲冲打电话过去，结果这也不灵：妻的妹妹即敝人小姨的公公婆婆齐声宣布客人不能住在主人头上——三楼闲着可以，我们住不可以。于是我提议住宾馆好了，反正刚到手的五位数业绩津贴还没动呢。妻再次电告她的宝贝妹妹。次日得到回复说，宾馆初一到初五餐厅不开，满街的大小餐馆那五天也一律闭门谢客，专心过年。得得，天下竟然有这等地方！果然化外之地！我长叹一声。这回问题当然不在我。

　　那么去哪里过年呢？咱也来个闭门谢客在家过年？不成不成。我这人有个毛病，一旦动了心思就不善罢甘休。蓦地，想起两个月前去过的广东梅州。那个地方小城感觉不赖，美食、美景，客家围龙大屋，黄遵宪故居，叶帅故里……我一说，妻子女儿当即转忧为喜。好，梅州！

去梅州必经广州，而广州是我生活工作一二十年的地方，顺便旧地重游，初四再去梅州不迟。于是赶在除夕前飞到广州，入住我当年任教的暨南大学的"专家楼"。窗外不远就是游泳池。池边紫荆树花枝招展，槟榔树亭亭玉立。窗前棕榈迎风，摇曳生姿，时有池水"暗送秋波"，加之丽日晴空，一碧如洗，气温又恰好25℃，不冷不热，不燥不湿，于是心情大快。除夕之夜一家老小去了与亚运会有关的花城广场。宽阔的步行街，间或溪水潺潺，灯火荧荧，亦复曲径通幽，桃花正红。男女老少，欢声笑语，高楼大厦，粲然生辉。尤其珠江对岸的"小蛮腰"铁塔，高耸入云，风姿绰约。忽然间，随着乐曲声轰然炸响，但见腰身上下发出无数彩色光束——"小蛮腰"起舞了！乐曲激昂之时，她万箭齐发锐不可当；乐曲悠扬之际，她轻舒广袖无限风情。惊喜之余：脑海里分明涌现出八个字：太平盛世，歌舞升平。

初一依然白云蓝天。上午领小女去越秀公园看了"五羊衔谷"石雕，下午去相距不远的流花湖游玩。她们母女在湖里欣然荡舟，我独自沿着湖边棕榈相拥的小径缓步前行。这里游人较少，午后的阳光从棕榈巨大的伞骨形叶片片间洒落下来，路面光影斑驳。清风徐来，鸟鸣啁啾。棕榈树似乎长得不快，那

时就好像这么高了。是的，那时就有这么高，一九七五年就这么高。三十九年了！三十九年前的一九七五年冬天我从吉林大学毕业，南下广州。形单影只，举目无亲，言语不通，气候不适。可以说那是我一生中最艰难的日子，一时万念俱灰，欲哭无泪。就在那时，一位广州姑娘来到了我的身边。我敢说，她是我所见过的最漂亮最善良的广州姑娘。记得她给我送来"冲凉"（冲澡）用的铁桶，送来了一种叫油饺的广州传统过年礼物（要知道，那时"文革"尚未结束，物质极端匮乏）。记得也是年初一，她把我领去一座相当有名的大学校园，到她家里见了她的父母，吃了中午饭。饭后即来这座公园散步，一起走的便是这条棕榈路。至今我的相簿里还有当时留下的黑白照片，尤其棕榈的剪影是那般真切，那般优美动人……

　　此时此刻，她应该就在这座城市某个公寓套间欢度春节。打个电话？就算找到电话号码，可我能说什么呢？说我就是三十九年前和你在那条棕榈路上散步的……我现在就在那条路上等你，你能来一下吗？——我能这么说吗？我知道，那是之于我的一个永远的童话，而童话终究是童话，是不可以同现实"链接"的。

（2014年1月31日　甲午正月初一）

Chapter Ⅱ

莫言的幽默与村上的幽默

— 01 —

莫言的第一步，村上的第一步

我觉得，除了鲁迅那样格外伟大的作家，许多作家走上文学道路的第一步都可能是相当卑微的，至少不那么伟大。比如如今很伟大的莫言，比如伟大了好多年的村上春树。

先说莫言。这位二〇一二年度诺贝尔文学奖桂冠的摘取者是如何迈出第一步的呢？好在莫言对此毫不忌讳——莫言从未像他贤侄那样暗示自己是齐国重臣管仲的后裔——甚至在美国斯坦福大学演讲的时候也敢于"家丑外扬"，宣称他当作家的初衷就是为了每天吃三次肥肉馅饺子。为了史实的严肃性，容我将原话照搬如下：

"我的作家梦是很早就发生了的。那时候，我的邻居是一个大学中文系的被打成右派、开除学籍、下放回家的学生。

我与他在一起劳动……我们最大的乐趣就是聚集在一起谈论食物。大家把自己曾经吃过的或者听说过的美食讲出来让大家享受，这是真正的精神会餐。说者津津有味，听者直咽口水。大学生说他认识一个作家，写了一本书，得了成千上万的稿费。他每天吃三顿饺子，而且是肥肉馅的，咬一口，那些肥油就唧唧地往外冒。我们不相信竟然有富贵到每天都可以吃三次饺子的人，但大学生用蔑视的口吻对我们说，人家是作家！懂不懂？作家！从此我就知道了，只要当了作家，就可以每天吃三次饺子，而且是肥肉馅的。每天吃三次肥肉馅饺子，那是多么幸福的生活！天上的神仙也不过如此了。从那时起，我就下定了决心，长大后一定要当一个作家。"

决心产生行动。据莫言的哥哥管谟贤介绍，一九七四年即莫言十九岁那年，他被派到胶莱河工地干活。寒冬腊月，滴水成冰，冷得晚上睡觉时鞋直接冻在地上拔不出来。而且活又累人，干部非打即骂——就在这样活着都很艰难的严酷环境里，"莫言竟然尝试写小说"！不过，莫言可就没有村上幸运了。村上写第一篇就获了奖，而他写一篇被退稿一篇，直到一九八一年才在保定市一家名叫《莲池》的一般文学刊物上勉强变成铅字。

下面说村上。别看村上比莫言大六岁，而迈出第一步的时间却比莫言晚了四年。当然，村上不可能为了一天吃三次肥肉馅饺子——村上当时在开爵士乐酒吧，他亲自掌勺，除了没有肥肉馅饺子，吃什么有什么。那么说村上写小说的初衷就比莫言伟大了不成？却又未必。村上不止一次不无得意地提到这一点。为了同样保持史实的严肃性，让我把他谈跑步那本书中的一段话照译如下：

"写小说念头的出现可以锁定在一个时刻：1978年4月1日下午1：30左右。那天，我在神宫球场外场席一个人喝着啤酒看棒球赛。从所住公寓步行去神宫球场没几步远。我当时就是益力多棒球队的球迷。天空一丝云絮也没有，风暖融融的，一个无可挑剔的美妙春日。那时的神宫球场外场没有设置座位，斜坡上只铺展着草坪。我歪在草坪上，一边啜着啤酒仰望天空，一边悠然自得地看球赛。……第一击球手希尔顿（从美国新来的年轻外场手）打出左场球，球棒迅速击中球中心那尖锐的声音响彻整个球场。希尔顿飞快地绕过一垒，三步两步跑到二垒。'好，写小说好了！'——就在那一瞬我动了这个念头。一碧万里的天空，刚刚返青的草坪的感触，球棍惬意的声响，这些现在我都还记得。那时，有什么从天空静静飘落下

来，而我把它稳稳接在手中。"

这个念头催生的就是《且听风吟》那篇处女作。一出手就获得了好生了得的"新人奖"，从此长驱直入。故而有莫言也读过并感叹"那样的作品我写不出来"的《挪威的森林》和《海边的卡夫卡》。看来，无论莫言还是我们大家都应感谢那一时刻的那一尖锐而惬意的声响。当时球场所有观众肯定都听到了那一声响，但唯独村上从中听出了上天的召唤，一如工地干活的人中唯独莫言因为听了"一天吃三次肥肉馅饺子"的描述而下了当作家的决心。恕我重复，作为文学之旅的第一步，两人都谈不上伟大。较之伟大，更近乎卑微——卑微的第一步。

相比之下，我的初衷或启动若干次的第一步倒是伟大的——我就是想写一部"《围城》第二"，就是想用来斩获诺贝尔文学奖，一来光宗耀祖，二来为国争光。然而始终没能写出，第一章都没写完就陷入了真正的"围城"之中。如此看来，伟大的第一步未必产生伟大的作品，而卑微的第一步倒是可能同伟大相连，怎么回事呢？后来还是村上把我从"围城"中搭救出来。村上认为小说家的"资质"有三项：最重要的是才华，次重要的是精神集中力，再次是后续力或耐力。才华是天生的，因而无论量还是质都无法由作家本人任意操纵。"才

华这东西同自己的计算无关，要喷涌时自行喷涌，尽情喷涌完即一曲终了。一如舒伯特和莫扎特，或如某类诗人和摇滚歌手，在短时间内将丰沛的才华势不可挡地挥霍一空，而后年纪轻轻就戏剧性死去化为美丽的传说——这样的活法诚然光芒四射，但对于我们中的多数人恐怕没有多大参考价值。"

也罢，让我乖乖承认好了：我没有当小说家的才华，还是老老实实当教书匠和翻译匠好了！

（2014年4月5日）

— 02 —

莫言的幽默与村上的幽默

哪怕再友好再宽容地评价自己，也很难说自己是个多么幽默的人。但我的确喜欢幽默。如果上帝让我在世界末日来临之前选一件希望永远保留下去的形而上的什么，我肯定首选幽默。我甚至觉得，如果生活中没有幽默，那就好像地上没有花，水中没有鱼，夜空没有星，小伙没有胸肌，姑娘没有乳房，老翁没有银白的须，老妪没有慈祥的笑……

这么着，看书也特留意幽默。我所以中意钱锺书，说到底，并非因为他学贯中西独步古今的《管锥编》和《谈艺录》，而是由于《围城》中俯拾皆是的钱氏幽默。关于村上春树也同样。假如他的作品老是玩弄深刻而不能时而逗人会心一笑，我绝不至于陪他玩二三十年之久，译他的书译四十一本之多。没想到，近日攻读莫言，莫言也够幽默。更没想到的是，有的幽默居然还和村上的不谋而合。无须说，村上是日本人，莫言是中国人，两个人中我见过一个，见过日本人村上。而且见过两次。见面给我的印象，村上其人并不幽默。证据之一，是没有领我去有艺伎陪伴的高级料理店喝着清酒夹食"女体盛"（赤身女体上盛的）生鱼片——我觉得中日两个大男人左一筷子右一筷子戳动那上面或白嫩嫩或粉嘟嘟的"刺身"足够幽默。莫言的照片是看过的。从照片上看，长相简直就是憨厚农民的标本。说是村党支部副书记有人相信，但绝难同幽默两字挂钩。不信你看葛优，从头到脚全是幽默。有人告诉我，莫言有一次说过"休看我长相幽默但文字绝不幽默"——不知是真是假——我看完全相反。

有例为证。例如二〇〇三年三月莫言在美国斯坦福大学演讲，讲到二十世纪六十年代如何饥寒交迫："那时候我们虽然饿得半死，但我们都认为自己是世界上最幸福的人，而世界上还有三分之二的人——包括美国人——都还生活在'水深火热'的苦难生活中。而我们这些饿得半死的人还肩负着把你们从苦海里拯救出来的神圣责任。"说实话，也是因为同代人感同身受的关系，看到这里我禁不住一下子大声笑出声来。他接

着讲冬天如何没有衣服穿："那时候我们都有惊人的抗寒能力，连浑身羽毛的小鸟都冻得叽叽乱叫时，我们光着屁股，也没有感到冷得受不了。我对当时的我充满了敬佩之情，那时的我真的不简单，比现在的我优秀许多倍。"

同年十月在日本京都大学演讲的时候，面对西装革履或一身套裙的女士们绅士们，他到底不好讲如何光屁股了，但幽默照样幽默："我在四年里（距上次演讲时隔四年），身高大概缩短了一厘米，头发减少了大约三千根，皱纹增添了大约一百条。偶尔照照镜子，深感岁月的残酷，心中不由得浮起伤感之情。但见到诸多日本朋友，四年的时光在他们脸上似乎没有留下任何痕迹。……于是，我的心情顿时好了起来。"如何，够幽默的吧？潜在的、静静的、肉笑皮不笑的幽默。

还有，一次在美国加州大学伯克利分校演讲时，莫言讲到福克纳："他告诉我一个作家应该大胆地、毫无愧色地撒谎，不但要虚构小说，而且可以虚构个人的经历。"无独有偶，日本的村上二〇〇九年初在耶路撒冷文学奖获奖演讲中也有关于说谎的言说："我作为一个小说家，换句话说，作为以巧妙说谎为职业的人来到这里、来到耶路撒冷市。当然，说谎的不都是小说家。诸位知道，政治家屡屡说谎，外交官和军人说谎，二手车推销员和肉店老板和建筑业者也说谎。但小说家说谎和他们说谎的不同之处在于：小说家说谎不受道义上的谴责。莫如谎说得越大越高明，小说家越能得到人们赞赏和好评。……可是今天我不准备说谎，打算尽可能说实话。一年之中我也有几天不说谎，今天恰好是其中的一天。"

便是这样，两人以幽默手法轻轻颠覆了说谎这一负面语汇，将其变成理直气壮的正当行为。还捎带将大作家福克纳和严肃的政治家、外交官们戏谑化了。

很明显，这里的幽默既有别于打情骂俏的"段子"式幽默，又同油腔滑调愤世嫉俗的王朔式幽默大异其趣，而属于含而不露、引而不发的幽默。或者说更接近一种智商游戏，机警，别致，俏皮，如秋日傍晚透过纸糊拉窗的一缕夕晖，不事张扬，而又给人以无限幽思和遐想。乃是一种高品质的兼有切身体验和教养背景的幽默。这也让我明白了，自己之所以迄今未能写出小说，根本原因就在于我不善于说谎——不知这是不是也算一种幽默？

对了，下面莫言和村上的说法多少有点色情我固然知道，至于是否也算幽默，作为我还真有些把握不准。恕我老不正经，姑且照录如下。

莫言：种在这里的高粱长势凶猛，性格鲜明，油汪汪的茎叶上，凝聚着一种类似雄性动物的生殖器官的蓬勃生机。（《红高粱家族》）

村上：（酒吧女侍应生）她以俨然赞美巨大阳具的姿势抱着带把的扎啤酒杯朝我们走来。（《萤》）

（2014年4月6日）

— 03 —

莫言与村上在台湾

　　台湾淡江大学找我去用日语讲讲村上。我说讲村上可以，但要用汉语或"国语"讲。这倒不是我刻意凸显主体性，主要是因为台湾毕竟是讲中国话的地方。再说我的日语终究不如汉语出口成章，何必"扬短避长"呢！同胞到底容易沟通，当即表示OK。我又提出不光讲村上，要莫言村上一起讲，比较二者的同与不同。对方连声叫好，鼓励说大家肯定感兴趣。

　　是啊，哪能不感兴趣呢！一个实际得了诺贝尔文学奖，一个连续几年是诺奖有力竞争者。我猜想，时下能从学术角度比较这两位世界级当代东亚作家的人，除了我恐怕不大好找。在一般人眼里，这两人差别太大了。一个是满脑袋高粱花粉的"土老帽"，一个是满身名牌休闲装的都市"小资"。换个比

喻，一个是挥舞光闪闪的镰刀光膀子割红高粱的壮汉，一个是斜举着鸡尾酒杯的眼望窗外细雨的绅士。一句话，简直是"城乡差别"的标本。这固然不错，我也完全承认，但这终究是表层，而若深挖下去，就不难发现两人的根子有不少是连在一起的。就作品而言，例如善恶中间地带说、民间视角与边缘人立场、富有东方神秘色彩的魔幻现实主义手法，以及作为共同文学创作"偶像"的陀思妥耶夫斯基，等等。就性格而言，两人都比较内向，不事张扬。即使成名之后，一个情愿歪在家中檐廊逗猫儿玩也不外出忽悠，一个宁可回家包饺子也不愿意出镜亮相，等等。

这么着，我就两人的同与不同、似与不似一口气说了许多。兴之所至，最后竟偏离主题，祝愿莫言写出陀思妥耶夫斯基那样伟大的长篇小说——借用莫言自己的话，"伟大的长篇小说，没有必要像宠物一样遍地打滚，也没有必要像鬣狗一样结群吠叫。它应该是鲸鱼，在深海里，孤独地遨游着，响亮而沉重地呼吸着，波浪翻滚地交配着，血水浩荡地生产着，与成群结队的鲨鱼，保持着足够的距离。"同时祝愿村上春树早日写出不亚于他所倾心的陀氏《卡拉马佐夫兄弟》那样的复调小说——以村上的话说，"里面有某种猥琐、某种滑稽、某种深

刻，有无法一语定论的混沌状况，同时有构成背景的世界观，如此纷纭杂陈的相同要素统统挤在一起。"

今生今世，作为我无论如何也写不出那样的小说了。唯其如此，我才祝愿别人、祝福别人，祝福伟大的小说，祝福诺贝尔文学奖。

如此演讲完毕，主持人东吴大学L教授夸奖说"极其精湛"。休息时两位女学者特意告诉我，刚才的演讲让她们加深了对莫言文学的理解。还劝我在台湾多待一段时间，多讲讲莫言和村上，讲讲村上和莫言。态度之真诚，言语之热切，险些让我以为自己就是村上和莫言。

会议结束后的第二天，繁体字版村上作品译者、台湾翻译家赖明珠女士主动领我逛台北。看样子，她早已把昨天圆桌会议上两人就村上文体和翻译风格"打嘴仗"的场景忘得一干二净，热情带我看了台湾大学、中正纪念堂、中山纪念堂、"总统府"，看了台北仅有两株的"加罗林鱼木"树中的花期正盛的一株，看了"101"，最后一站是颇有名气的"诚品书店"。店门口有个一人多高的红色繁体"閱"的立体雕塑。书店，书，阅。表里如一，名符其实，好！于是我站在"閱"的后面，把脑门夹在顶端两扇门之间，嬉皮笑脸，由赖明珠女士

"咔嚓"两声按下快门（广告业出身的她是相当够水准的摄影爱好者）。

　　也是因为昨天满脑袋莫言村上，转身进门我就留意找莫言，以为莫言的书像在大陆那样迎门码堆或摆在书架抢眼位置。岂料左顾右盼了好一阵子也没找见莫言。也许我没找对地方，反正莫言的书一本也没有，就好像这里发生了"文革"似的被扫荡一空——我想绝不会是被读者扫荡一空，而一定是书店压根儿没上架。至于莫言逆风飞扬的简约发式下的憨厚笑容，更是了无踪影。相反，村上君手托下巴的"思索者"形象赫然入目，漫说中文译本，就连日文原著都比比皆是，甚至哈佛大学杰・鲁宾（Jay Rubin）教授翻译的英文版《挪威的森林》，也以电影版渡边和直子（尽管直子怎么看都不如她头发上的雪花漂亮）头碰头形象作封面在那里码成一摞：*Norwegian Wood*。不仅如此，新出的专门介绍村上的日文原版杂志书也立在那里："春树大学开学了！"翻开一看，标语牌似的方格里写道："村上春树正该得诺贝尔奖！快得，快快！"得得！我略一沉吟，决定买一本《挪》的英译本，比较研究一下哈佛教授是不是比我这个非哈佛教授翻译得契合原文风格也好嘛！又顺手拿了一本封面色彩极多的村上新作《没有色彩的多崎作和

他的巡礼之年》。交款时赖明珠女士不失时机地拈出她的会员卡，于是我以九折买了《挪》的英文版：250元。新作"恕不折扣"，799元，合计1049元台币，折合人民币约210元。顺便说一句，台湾教授月工资为台币10万挂零。

假如莫言的书摆在这里，那么定价会是多少呢？想到这里，我对赖明珠女士抱怨道："这不公平，为什么没有诺贝尔奖获得者莫言的书而只有诺奖候补者村上的书？岂非薄内厚外？"她笑笑，笑得极其完美。

（2013年6月4日）

— 04 —

高密东北乡与诺贝尔文学奖

十一月。高密之行。

高密，战国为高密邑，秦为高密县，汉为高密国，南北朝、唐为高密郡，今为高密市。乃春秋齐国名臣晏婴（晏子）故里。晏氏主张诛不避贵、赏不遗贱，至今掷地有声。

我去高密，当然不是因为我想考察晏婴和晏婴的主张，而多半是由于莫言。否则我断不至于在这冷飕飕的冬日游哪家子高密。

出得市区，出租车一路往东北方向开去。司机长相颇像莫言，我叫他"莫言弟弟"。看样子他很受用这个称呼，面带憨厚而略显脑腆的笑容，把我们一家拉往他"哥哥"的村子。交谈中得知，莫言作品中的高密"东北乡"大约是"东北方向"

的变通，实际无此地名，实际地名叫平安庄，位于县城东北方向二十五公里的两县交界处。车驶上另一半路的时候，"莫言弟弟"介绍说一个月前路还坑坑洼洼，车在上面一个劲儿跳迪斯科。"幸亏莫言兄，亏莫言兄获了个世界大奖，路也借光变平了——获奖后政府立马出钱修路！喏，你看你看，新路灯，树也是新的，新得跟新路灯杆子似的。"果然，两排树，不，但见两排树干直挺挺，光溜溜，齐刷刷，倒也不失为一景。

很快，车向右一拐，拐上田间一条窄得多的土路，在挂着一对大红灯笼的村口停下。下车没走几步即是莫言家了。路边闪出一座青砖青瓦的破旧门楼，两扇黑漆斑驳的对开板门。里面是半个篮球场大小的裸土院子，原先种红萝卜的地方早被大家拔个净光。坐北朝南四间平房，底端青砖，房顶红瓦，中间是泥巴墙。房门同是对开黑漆木板，整齐贴着褪色的春联："忠厚传家远　诗书继世长"。字写得不错，颇有柳体风姿。细木格窗，没糊纸没安玻璃，黑乎乎六十四个小方洞。右侧门窗之间嵌一石匾，刻四个红字："莫言旧居"。书法刻工都相当一般，明显是十月十一日之后的应急之作。

进门即是堂屋，土灶、大锅、瓦盆、烧柴。北面土墙前有一板架，放一个二十世纪五十年代风格的长方形手提皮箱，莫言

二哥说是莫言当兵时用的。我提醒他千万注意保管，别让谁拿走挂到淘宝网上拍卖，没准能卖几十万，文物嘛！二哥不语。大概他一下子还分不清"文物"和"旧物"的重大区别。堂屋右侧房间便是莫言"旧居"（其他房间当时住着莫言父母和兄长）。房间很小，一铺炕占了二分之一。炕也不大，铺着芦苇炕席，又脏又旧，一塌糊涂。我开始想象莫言一家三口在上面酣睡的场景。场景远远算不上赏心悦目。莫言二哥介绍说老屋始建于一九一一年，一九六六年翻盖，莫言从一九五五年开始，住了三十三年。说实话，房子比我当年住的乡下老屋还差。别说文学情调，连生活情调都无从提起，无非栖身而已。本想找莫言照张相，莫言当然不在。好在他二哥在，就和二哥在"莫言旧居"前合影留念。二哥话语不多，一看就知是忠厚之人。兄弟俩一个"忠厚传家"，一个"诗书继世"，天作之合！临走时，莫言二嫂提来一袋洗好的青萝卜相送，说生吃最好。

出了莫言旧居，沿村路往南走去。路旁杂乱堆着一堆堆做烧柴的玉米秸。出村是一望无际的田野。庄稼早已收了，只有几丛细细高高的芦苇和几株树叶落尽的杨柳点缀着黄褐色地表。空旷，荒凉，寻常。任何景物都无法同斯德哥尔摩的诺贝尔文学奖产生关联。漫步之间，见一位中午男子在田间两垛玉米秸那里扒玉米。这东西几十年前我扒过，就帮忙扒了起来，边扒边聊。中年男子告诉我，近来人少多了，前些日子可不得了，满村是人，老外都跑来了，比过大年还热闹。结果莫言两次回村都只能偷偷回来，偷偷在父亲家住一晚上。他还说自己跟莫言一起上过学，一起干过田里的活。"学不比我上得好，活也不比我干得强，可现在人家成了响遍世界的大人物，我还在地垄沟扒玉米——什么叫差别？这就叫差别！"听得出，困惑之余，他多少有些不服气。我安慰他："扒玉米也没什么不好啊，莫言想扒还扒不成呢！连回村都像做贼似的偷偷摸摸。各有各的苦恼，各有各的乐子……"他笑笑，笑容透出几分凄苦。他要我去他家吃午饭："得没得奖吃顿饭都是不成问题的。"我婉言谢绝，回头进村。没走多远，忽听后面有人喊。原来他开车从后面追了上来，非要我到他家拿柿子不可—— 一大袋黄得透明的大柿子，全家吃了一个星期还没吃完。比《透明的红萝卜》好吃得多。

莫言的二嫂送我一袋青萝卜，莫言的乡亲送我一袋大柿子，莫言什么也没送，见都没见着——诺奖啊诺奖！

（2012年11月30日）

— 05 —

村上为什么没获诺贝尔文学奖

　　无论谁怎么看，我这辈子都不可能跟诺贝尔文学奖沾边——跟和平奖沾边倒有可能，敝人最爱和平，讨厌无事生非——但不无"魔幻现实主义"意味的是，好几年来总是被诺奖闹得不得安宁。原因并不复杂，我是村上春树作品的中文版主打译者和"半拉子"研究者。不过今年有些复杂了，村上PK莫言或莫言PK村上。因此早早就有中日媒体不断找我发表感想，甚至逼我"站队"：问我更希望哪位获奖。你说这叫我怎么回答。不用说，村上君获奖对我有些实际好处。一是经济上的。他获奖了，我虽瓜分不到奖金，但拙译肯定卖得更火，可有若干白花花银两进账。二是名声上的。至少敝人供职的学院主管科研的副院长甚至校长大人都有可能对我绽放久违的笑容：噢，原来你小子不是偷偷摸摸翻译"小资"类涉黄读物，而是鼓捣诺奖大腕啊！喏，我这个译者脸上有光吧？但今年不同，今年有同胞兼半个山东老乡莫言登台亮相。事情明摆着，村上君终究是日本人，而我无论DNA还是国籍都是中国人，莫言君获奖无疑让同为中国人的我脸上大放光芒。这么着，为了避免记者再追问下去，我索性于十月十一日当天早上在微博上宣示：莫言村上哪位获奖我都衷心祝贺。若村上获奖，其获奖理由大约是：一、以洗练、幽默、隽永和节奏控制为主要特色的语言风格；二、通过传达都市人失落感、疏离感和孤独感对人性领域的诗意开拓；三、对自由、尊严、爱等人类正面精神价值的张扬和对暴力源头的追问。而作为在中国走红的原因，还要加上一点：客观正确的历史认识。

发完微博外出上课。晚间回来得知莫言获奖。我暗自庆幸：莫言君获奖，采访轮不到我了。岂料记者仍不依不饶，追问为什么莫言获奖而村上没获奖。是啊，为什么？要知道，诺奖从来没有为什么，有也要等到五十年后。不过细想之下，以上三点获奖理由之中，第二、第三点应该没问题，也容易为瑞典学院十八位评委所认可。问题可能出在第一点，即村上的语言特色未必引起太多注意。这意味着，村上独特的语言风

格在英译本中可能未得到充分再现。这又为什么呢？想起来了，记得翻译过《挪威的森林》和《奇鸟行状录》的哈佛大学教授杰·鲁宾（Jay Rubin）认为村上那种脱胎于英文的语言风格是一把双刃剑："村上那种接近英语的风格对于一位想将其译'回'英文的译者来说这本身就是个难题——使他的风格在日语中显得新鲜、愉快的重要特征正是将在翻译中损失的东西。"说白了，回娘家时娘家人不稀罕了。这当然怪不得村上，也怪不得译者，所谓宿命大约就是这样的东西。

另外，看过英德译本的大学同事和朋友告诉我，简洁固然简洁，但感觉不出中译本那种隽永微妙的韵味。而这分明是村上语言风格的另一特色。已故日本著名作家吉行淳之介曾经予《且听风吟》这样的评价："每一行都没多费笔墨，但每一行都有微妙的意趣。"莫非英德译本把"微妙的意趣"译丢了？有一点倒是事实：尽管村上的作品已被译成三十余种语言，涉及三四十个国家和地区，但那里的读者和评论家几乎没有对作品的语言特色给予明显的关注。而若关键的瑞典学院评委们也没给予明显的关注，那么结果就可想而知了。

最后补充一点。表面上看，莫言是土掉渣的乡土文学作家，而村上是洗练的城里人，处理的也是都市文学题材——足

可见证"城乡差别"。但骨子里两人又有相通的东西。莫言受
《聊斋志异》影响较深，村上受《雨月物语》影响较大，而日
本的民间故事集《雨月物语》又深受《聊斋志异》影响，可以
说是日本版《聊斋志异》。一个主要表现，是两人都有不少作
品主人公自由穿越于阴阳两界或此岸世界与彼岸世界之间，都
具有对于现实的超越性，从而为探索通往灵魂彼岸的多种可能
性开拓出广阔的空间。

（2012年10月19日）

— 06 —

诺奖视野中的村上春树："挖洞"与"撞墙"

时间过得真快！作为诺奖得主，前年莫言、去年门罗仍历历如昨，今年那一时刻又快到了——瑞典学院那位终身秘书彼得·英格伦又要推门走到一人高的麦克风前发布本年度诺贝尔文学奖得主的姓名了。今年这位幸运儿会是谁呢？当然不可能是我。世界还不至于荒诞到如此程度。但又可能并非完全与我无关——因了村上春树，因了我翻译的村上君连年与诺奖擦肩而过。

因此我想，在今年这个时候，与其再度预测村上君能否获奖，莫如回头看一看这两年他缘何同诺奖擦肩而过或许更有趣，也更有意义。

先听一下来自村上同胞的声音。"这几年来，不知是为了获得诺贝尔文学奖，还是真的发自'真心'的发言"，村上在以《高墙与鸡蛋》为题发表的耶路撒冷文学奖获奖演讲中，"表示身为作家的自己并非站在'墙'（强权）这一侧，而是站在'鸡蛋'（弱者）的一侧。做出了极度吹捧自己的发言。"这是日本著名文艺评论家、筑波大学名誉教授黑古一夫的说法。黑古接着说道："我读完《没有色彩的多崎作和他的巡礼之年》最直接的感受就是：作家的'发言'只限于当时的场合，不应马上信以为真。……而他的新作品《没有色彩的多崎作和他的巡礼之年》却完美地背叛了这个'宣言'。此事也可以反映村上春树的创作史。也就是说，村上春树理应已在阪神淡路大地震及地铁沙林毒气事件等奥姆真理教所为的一连串事件的契机下从'detachment（对社会漠不关心）'转换为'commitment（与社会产生关联）'，但现今却又再度写出了以初期那种对'过去'的感伤行为主题的作品。"

无独有偶。前不久笔者应大连外国语大学《东北亚外语研究》学术季刊之邀主持莫言与村上比较研究学术专栏而向黑古一夫约稿，他在发来的论文中通过比较村上的《1Q84》和莫言的《蛙》（日译《蛙鸣》），再次表达类似的观点。他说"在《1Q84》中，无论村上春树主观上多么注重植根于现实

的'介入'（commitment），但其内容恐怕还是与'介入'相去甚远"。唯其如此，"《1Q84》才沦为空洞无物的'读物'"。相比之下，黑古认为几乎与《1Q84》同期刊行的莫言的《蛙》，"敢于如实描写被本国政府推行的'独生子女政策=计划生育政策'摆布的农民与妇产科医生，以此揭示'政治'与'历史'的失误。所以，莫言获得诺贝尔文学奖说理所当然也是理所当然的。"黑古最后写道："总之，文学本来内在的'批评性'（文明批评、社会批评）如通奏低音一般奏鸣于莫言的《蛙》，然而这种至关重要的'批评性'在村上春树的《1Q84》中全然感受不到。""正因如此，村上春树才无缘于诺贝尔文学奖（以后恐怕也只能停留在'有力候补'的位置）。而莫言理所当然获此殊荣。"

综上，黑古认为村上之所以二〇一二年没得诺贝尔文学奖而莫言得了，原因在于村上作品中缺少批评性，即"介入"社会的深度不够，即村上并没有像他所标榜的那样站在作为弱者的"鸡蛋"一边。顺便说一句，持黑古这样的观点的，在日本至少还有村上的同行、以《在世界中心呼唤爱》而声名鹊起的当代作家片山恭一。二〇一〇年他在笔者就他的来华演讲当场点评之后对我这个村上译者直言不讳：村上二〇〇九年耶路撒冷文学奖获奖演说中关于灵魂与体制的说法，"说得诚然相当漂亮，而他在作品中实际表达的东西却好像是另一回事，不一致。"

那么二〇一三年情况如何呢？以后是否永远像黑古预言那样停留在"有力候补"位置，固然无从得知，但接下来的二〇一三年停留在"有力候补"位置则是事实——众所周知，获奖的是加拿大女作家爱丽丝·门罗。作为同时代作家，村上的影响与声望远在门罗之上。并且在人性发掘之主题和细节经营、虚实相生等创作手法方面二者又不无相近之处。而作为结果，为什么是门罗而不是村上呢？

加拿大卡尔加里大学英文系教授、英联邦语言文学研究会会长维克多·拉姆拉什（Victor Ramraj）今春访华，就门罗的文学创作在上海演讲。他认为，门罗的作品具有鲜明的地方性（本土性）和普遍性（普世性或世界性）。门罗以加拿大南部乡村为基础构筑其小说世界却又超越了那一地域文化和历史的独特性，而对于每一个加拿大人以至世界上每一个男人女人都具有普遍吸引力，"回音般复述或唤醒了他们对于人性中共通一面所产生的思考和感受"。作为故事，尽管无不植根于富有宿命意味的现实，但故事主人公们同时生活在由梦境和幻想构成的另一平行世界。读者很难将虚拟与现实区分开来。

从以上表述中不难看出村上和门罗相同中的不同：门罗的小说以她生活的乡村为基础（这点同莫言相近），村上则以大都市为舞台；门罗将地方性或本土性同普遍性或世界性融于一炉，村上则几乎以浓重的世界性淹没了本土性。村上的另一位同行岛田雅彦甚至认为："村上春树的作品之所以能像万金油一样畅销世界各国，是因为他在创作中刻意不流露民族意识，写完后还反复检查，抹去所有民族色彩。这样，他的小说就变得'全球化'了。"至于这点是不是村上再次屈居诺奖"有力候补者"位置的原因，当然不能断言。但有一点可以基本肯定：作为诺奖得主，无论莫言还是门罗都有浓郁的地方性、本土性生活气息，同时不乏超越性与世界性。

也是因为多少同上面有的观点相关，下面我想借机概括一下近年来我对村上文学的进一步思考。关键词是"挖洞"与"撞墙"。

村上的处女作《且听风吟》发表于一九七九年，至今走过了三十五年创作路程。如果将三十五年分为前十五年和后二十年两个阶段，那么第一阶段可以说是"挖洞"的十五年；第二阶段则大致是"撞墙"的二十年。

二〇〇三年初，我趁作客东京大学之机初访村上，交谈当中确认他在网上回答网友提问时说的一句话："我认为人生基本是孤独的。但同时又相信能够通过孤独这一频道同他人沟通。我写小说的用意就在这里。"进而问他如何看待或在小说中处理孤独与沟通的关系。他回答："不错，人人都是孤独的。但不能因为孤独而切断同众人的联系，彻底把自己孤立起来，而应该深深挖洞。只要一个劲儿往下深挖，就会在某处同别人连在一起。一味沉浸于孤独之中用墙把自己围起来是不行的。这是我的基本想法。"一言以蔽之，孤独是沟通的纽带，为此必须深深挖洞。换句话说，村上文学——尤其前十五年——是"挖洞"文学。如《且听风吟》（1979）、《1973年的弹子球》（1980）、《寻羊冒险记》（1982）、《世界尽头与冷酷仙境》（1985）等早期作品，总体上倾向于放任孤独、把玩孤独、欣赏孤独。《球》甚至通过主人公执着地寻找弹子球机这类无谓之物而将孤独提升为超越论式自我意识，从而确保自身的孤独对于热衷于追求所谓正面意义和目标等世俗价值观之人的优越性。不妨说，"挖洞"的目的大多限于"自我治疗"，"挖洞"是"自我治疗"的手段。《挪威的森林》（1988）和《舞！舞！舞！》（1989）、《国境以南 太阳以西》（1992）继续"挖洞"主题。但逐步挖得深了，希求尽快

106

"在某处同别人连在一起"。这可能因为，木月死于孤独，直子的姐姐和直子死于孤独，再不能让主人公处于"把自己围起来"的自闭状态了。《舞》中，喜喜死了，咪咪死了。这使得"挖洞"的过程变得越发艰难，越发难以"同别人连在一起"。这意味着，"挖洞"或"自我治疗"的效果是有限的。于是第一阶段"挖洞"十五年基本到此为止。而开始下一阶段的"撞墙"二十年。

二〇〇九年二月十五日，村上在耶路撒冷文学奖颁奖大会上发表前面提及的以《高墙与鸡蛋》为题的演讲："假如这里有坚固的高墙和撞墙破碎的鸡蛋，我总是站在鸡蛋一边。"他同时表明："我写小说的理由，归根结底只有一个，那就是为了让个人灵魂的尊严浮现出来，将光线投在上面。经常投以光线，敲响警钟，以免我们的灵魂被体制纠缠和贬损。"不过，针对体制这堵高墙的"撞墙"努力不是从二〇〇九年才开始的，而始于二十年前的《奇鸟行状录》（1994—1995）。可以认为，从那时开始，村上明确意识到仅靠"挖洞"这种开拓个体内心世界纵深度的做法有其局限性。而要同更多的人连接，要进一步获取灵魂的尊严与自由，势必同体制发生关联。但体制未必总是保护作为"鸡蛋"的每一个人的，于是有了撞墙破

107

碎的鸡蛋。为此村上表示"他总是站在鸡蛋一边"。这一立场较为充分地表现在之于村上具有里程碑意义的《奇鸟行状录》中，而在其中揭露和批判日本战前的军国主义体制的运作方式即国家性暴力的源头及其表现形式上面达到顶点。《海边的卡夫卡》（2002）和《1Q84》第一部、第二部（2009）持续推进这一"撞墙"主题，笔锋直指日本黑暗的历史本位和"新兴宗教"（cult）这一现代社会病灶，表现出追索孤独的个体同强大的社会架构、同无所不在的体制之间的关联性的勇气。

令人意外的是，到了《1Q84》第三部（2010），村上将笔锋逐渐收回。及至《没有色彩的多崎作和他的巡礼之年》（2013）和最新短篇集《没有女人的男人们》（2014），已然彻底回归"挖洞"作业——继续通过在个体内部"深深挖洞"而争取"同别人连在一起"。亦即回归追问个人生命的自我认同和"自我治疗"的"挖洞"主题原点。就此而言，不能不承认黑古一夫和片山恭一的批评有其道理。甚至，村上已不再满足于挖洞。八月中旬他在爱丁堡国际图书节期间回答《卫报》书友会提问时表示："我的人生梦想是坐在井底。梦想已经成真。"他还说这不是噩梦，"我那时想：写小说蛮有趣，你可以是任何东西！所以我想：我可以坐在井底，与世隔绝……好棒！"

这样，准确说来，村上的创作路线呈"U"形——"挖洞"十五年，"撞墙"十五年，之后重新"挖洞"五年。此刻村上正坐在洞底或者井底。至于今年的诺贝尔文学奖的桂冠能否正好落在"洞底村上"或"井下春树"头上，作为在地表上移行的我们，恐怕谁也预测不出，尽管刚刚得知村上又在诺奖"赔率榜"上一马当先。

（2014年9月25日）

— 07 —

就诺贝尔文学奖写给村上春树

尊敬的村上春树先生：

自二〇〇八年第二次见面以来，差不多又有六年时间匆匆过去。借用想必您也熟悉的孔子的话说：逝者如斯夫，不舍昼夜！我知道，六年时间里您也不舍昼夜，出了关于跑步的随笔集，出了三大厚本《1Q84》，出了长篇《没有色彩的多崎作和他的巡礼之年》，今年又出了短篇集《没有女人的男人们》。同时有诸多译作问世，国际奖项也好像拿了若干。而看照片，您依然毫无倦容，依然一副小男孩发型，依然半袖衬衫牛仔裤。

而我呢，说起来都不好意思报告，作为作家没有石破天惊的原创小说，作为学者没有振聋发聩的学术专著，作为教书匠没有教出问鼎诺贝尔奖的高才生，作为翻译匠也因几乎没有

翻译您的新作而少了耀眼的光芒。奖也半个都没捞着。唯一捞着的是头上的白发。记得吧？六年前重逢的时候我应该还满头乌发，没准说三十九岁都有女孩信以为真——今非昔比，今非昔比啊！中国古人云"了却君王天下事……可怜白发生"，而我什么也没了却竟然生了白发！一次演讲时讲到大作的孤独主题，我趁机来了个借题发挥：请问诸位，世界上最孤独的是什么？最孤独最最孤独的，莫过于一个老男人深更半夜在卫生间里独自对着镜子染头发！台下顿时哄堂大笑，旋即寂静无声。我知道，他们开始在异常的静寂中体味某种近乎凄楚的孤独。诚然，我也不是没有我的快乐。比如，暑假回乡住了一两个月。晨风夕月，暮霭朝晖，鸡鸣野径，蛙跃古池，或银盘乍涌，天地皎然，花间独饮，醉倚栏杆……凡此种种，无不令我乐而忘忧，不知老之已至。不过，您是地道的城里人，未必知晓这山村野老的乐趣。

言归正传。六年时间里，也是因为很少翻译您的新作，所以相互间联系就更少了。动笔写信还是第一次。然而实际上又和您联系多多。不说别的，六年来每年十月上中旬都要接受关于您的媒体采访——采访您获得诺贝尔文学奖的可能性和果真获奖我最想说什么。采访者有贵国的共同社、时事社、NIIK、

《朝日新闻》和《读卖新闻》等等，甚至要我务必在诺奖发布当日19：00左右守在电话机旁等候再度电话采访。这不，前几天共同社北京总局又打来了类似电话。至于中国媒体就更多了，也更"刁钻"。喏，前年即莫言获得诺奖的二〇一二年居然有媒体问我："你是希望中国的莫言获奖呢，还是希望日本的村上获奖？"二者择一，您说这叫我怎么回答？无需说，您获奖对我有实实在在的好处。您获奖了，跟您去斯德哥尔摩听您演讲"雪云散尽，阳光普照/冰川消融，海盗称臣，美人鱼歌唱"这几句您在《舞！舞！舞！》中彩排讲过的获奖致辞固然不大可能，但我供职的这所大学的院长甚至校长大人都极有可能对我绽开久违的笑容：原来你小子不是偷偷摸摸鼓捣"小资"流行作家，而是翻译光芒四射的诺奖大腕啊！我因此荣获校长特别奖亦未可知。所以我是打心眼往外盼望您获奖的。但另一方面，我和莫言有共同的中国人DNA。他获奖了，我不仅作为同胞，而且作为半个山东同乡也脸上有光。何况您也清楚：您获奖，在日本是第三位诺奖获得者，无非锦上添花；而莫言获奖，则是中国大陆开天辟地第一人，完全雪中送炭。如此两难之间，消息传来：莫言获奖了，您没获奖。

　　为什么获奖的是莫言而不是您呢？不但我，您的同胞、著

名文艺评论家、筑波大学名誉教授黑古一夫先生也在思考这个问题。前不久他在比较了大作《1Q84》和莫言《蛙》之后这样说道："文学本来内在的'批评性'（文明批评、社会批评）如通奏低音一般奏鸣于莫言的《蛙》。然而这种至关重要的'批评性'在村上春树的《1Q84》中全然感受不到。"他随即断言，"正因如此，村上春树才无缘于诺贝尔文学奖（以后恐怕也只能停留在'有力候补'的位置）。而莫言理所当然获此殊荣。"换言之，黑古先生认为您在《1Q84》中并未实际贯彻您在二〇〇九年耶路撒冷文学奖获奖演说中发表的"总是站在鸡蛋一边"的政治宣言。在新作《没有色彩的多崎作和他的巡礼之年》中更是"完美地背叛了这个宣言"。

黑古先生说的或许有些绝对，但不是没有根据。作为我也略有同感。是啊，您在《奇鸟行状录》和《地下》《在约定的场所》中面对日本历史上的国家性暴力及其在当下的投影毅然拔刀出鞘，为什么在《1Q84》中刀又悄然放下了呢？而且是在善恶没有界定或者"墙""蛋"依稀莫辨的关键时刻放下的。您在《斯普特尼克恋人》那部相对说来属于"软性"的小说中仍然表示"人遭枪击必流血"。作为回应，"必须磨快尖刀"！不料你在《1Q84》中描写了"人遭枪击"的种种流血

场面之后，不仅没有"磨快尖刀"，反而收刀入鞘。或许您说——在《1Q84》第三部中也的确这样实践了——只有爱才能拯救这个世界。那诚然不错。但那是终极理想，而要达到那个终极理想，必须经过几个阶段。尤其在有"人遭枪击"、有"撞墙破碎的鸡蛋"的情况下，如果不磨刀，如果不坚定"站在鸡蛋一边"，那么怎样才能完成您所说的"故事的职责"呢？黑古先生恐怕正是在这个意义上感到焦虑和提出批评的，希望您认真对待他的批评。

自不待言，哪怕再了不起的作家也有其局限性。作为您，在作品思想性的深度与力度上，迄今似乎未有超越《奇鸟行状录》的所谓巅峰之作。由此看来，对于政治或体制的考量可能不是您的强项。您的强项应该在于文体，在于以独具一格的文体发掘难以言喻的人性机微（这点同去年的诺奖得主爱丽丝·门罗相近抑或过之。因此我觉得去年诺奖评审对你有失公允）。作为译者，我特别欣赏和感激您提供的"村上式"文体。前不久我再次看了日文原版《没有色彩的多崎作和他的巡礼之年》，翻译了《生日故事》中您自己写的日文原创短篇和《没有女人的男人们》中的两部短篇，不由得再次为您的文体所折服——那么节制、内敛和从容不迫，那么内省、冷静而不失温情，那么飘逸、空灵而又不失底蕴和质感，就好像一个不无哲思头脑的诗人或具有诗意情怀的哲人静悄悄注视湖面，捕捉湖面——用您的话说，"如同啤酒瓶盖落入一泓幽雅而澄澈的清泉时所激起的"——每一道涟漪，进而追索涟漪每一个微妙的意味。换言之，内心所有的感慨和激情都被安详平静的语言包拢和熨平。抑或，您的文体宛如一个纹理细腻的陈年青瓷瓶，火与土的剧烈格斗完全付诸学术推理和文学返思。翻译当中，说来也怪，唯有翻译您的作品才能让我格外清晰地听得中文日文相互咬合并开始像齿轮一样转动的快意声响，才能让我真切觉出两种语言在自己笔下转换生成的质感。

不再饶舌了，祝您早日获得诺贝尔文学奖。尽管诺奖可能不很合您的心意。

（2014年10月5日）

※注：信是应《深圳晚报》之约写的，并未实际寄给村上。

— 08 —

莫言爷爷讲的故事和我爷爷讲的故事

恕我总想攀高枝拿莫言说事，但因为实在太巧了，不得不说，不得不攀。

莫言获诺奖演讲《讲故事的人》讲了许多故事，妈妈的故事，姑姑的故事，单干户"蓝脸"的故事，同学没哭的故事和自己告状的故事……最后讲的是他爷爷给他讲的故事。为逃避一场暴风雨，外出打工的八个泥瓦匠躲进一座破庙。雷声一阵紧似一阵在庙外炸响，火球一个接一个在门外滚动，大家吓得面如土色。其中一个人开口说："我们八人中，必有一人干过伤天害理的坏事。谁干过坏事，谁就自己走出庙接受惩罚吧，免得让好人受牵连。"自然没有人愿意出去。又有人提议道："既然没人出去，那么就让我们朝门口扔草帽，谁的草帽被刮

出庙门，就说明谁干了坏事，谁就必须出去接受惩罚。"大家照做了。结果，七个人的草帽被刮回庙内，只有一个人的草帽被刮出门去。于是大家把不愿意出去的他扔出了庙门。而就在那一瞬间，破庙轰然倒塌。不用说，庙里的七个人死了，活下来的只有那个被扔出庙的人。

读完莫言爷爷给莫言讲的这个故事，我倏然记起我的爷爷给我讲的故事。一条船在湖面航行当中，突然狂风大作，巨浪滔天，船剧烈地上下颠簸左右摇晃，眼看就要沉没。众人惊慌失措之际，但见湖心出现一把壶、一只手、一个盅：壶、手、盅。于是船老大高声喊道："船上有叫胡守忠的吗？"有人应道："我叫胡守忠。"船老大指着湖心的壶、手、盅说："天意如此，莫怪我等无情。"说罢让大家把胡守忠扔下水去。就在那一瞬间，一个大浪打上船来，船整个翻了。不用说，除了胡守忠，船上其他人全部葬身湖底。

显然，除了人物和舞台，两个故事的情节和主题如出一辙，就好像两位爷爷一起商量过似的。莫言听他爷爷讲这个故事是什么时候我不知道，我听的时候大约刚上初一。初一的我也听明白了：满船人里边，只有胡守忠一个好人，其他人全是坏蛋——天要惩罚的肯定是坏蛋。所以自己要当好人，不当坏蛋，并且要跟坏蛋做斗争！

此后不到一年，"文革"风暴刮来了。又过两年，我初中"毕业"回乡了，作为回乡知青在务农过程中接受贫下中农再教育。"再教育"第一堂课就是参加生产队贫下中农批斗"地富反坏右"五类分子的大会。长长的大筒屋子，南北两铺大炕，贫下中农盘腿坐在炕上，爷爷对着一个大电灯泡站在地中央，胸前挂一块木板，上面用毛笔字歪歪扭扭写着"打倒地主还乡团团长林忠显"，名字被打了个大大的红叉。政治队长宣布批斗大会开始，贫协主任开第一炮。有人按爷爷的头，叫他低头认罪。爷爷不肯低，按一下，挺一下；挺一下，按一下。这么着，住在我家后院一位县一中高中毕业生忽然举起拳头高呼打倒我爷爷，大家跟着喊。我躲在大人背后，没举拳，也没喊。大家一连喊了三四遍。最后喊的是"敌人不投降，就叫他灭亡！"不由得，我想起爷爷讲的那个故事：大家要把一个人扔下水了，船要翻了不成？

爷爷当然不是"地主还乡团团长"，后来不了了之，除了被勒令去公社所在地的小镇扫了一冬天雪，倒也没受更多的惩罚。但这件事对自尊心极强的爷爷造成了不一般的伤害。据我所知，爷爷至死都没饶恕的只有两个人，一个是批斗过他

并且欺负他的孙子——甚至不让他的孙子吹笛子——的贫协主任，一个是带头喊打倒他的后院那个高中生。"前后院住着，平时一口一个林大爷，怎么就忽然喊打倒我了呢？喊得出口吗？小子忒不像话！"这意味着，一九九三年去世的爷爷至死都没能理解"文革"。不妨说，爷爷至死都未能将他对我讲的"壶·手·盅"（胡守忠）故事同"文革"联系起来。至少，这对"文革"是幸运的。

话说回来，莫言的爷爷和我的爷爷对作为孙子的他和我讲这个故事倒也罢了，其用意也不难明白。可莫言为什么要在瑞典学院那么庄严郑重的场合重讲这个故事呢？就个人而言，无论如何他都不是被扔出去的人——尽管得奖后"也被掷上了石块、泼上了污水"——相反，他是被选中穿上燕尾服领取诺贝尔文学奖的人。在某种意义上，任何故事都是隐喻。那么，莫言借此隐喻什么呢？人性的弱点？多数人的暴政或集体无意识？天理昭昭、天意的公正？抑或以公正、公众的名义排除异己的结果？有一点可以断定，莫言作为讲故事和会讲故事的人，在那样的场合是不会随便讲故事的。

顺便说一句，我的爷爷给我讲的这个故事，此前我从未讲过。

（2013年7月16日）

— 09 —

我和村上：认同与影响之间

"某一天有什么俘虏我们的心。无所谓什么，什么都可以。玫瑰花蕾、丢失的帽子、金·皮多尼的旧唱片……"——这是村上春树《1973年的弹子球》里的几句话。每当有什么俘虏我的心的时候，我就不由得想起这几句既无文采又不连贯的话。近来所以想起，是因为近来乡下老家、乡下的花蕾俘虏了我的心。可问题是，这种因果关系之间存在必然性吗？

好了，还是让我乖乖承认好了，我恐怕还是受到了村上春树那位日本作家的影响。或者莫如说，较之影响，更近乎认同。尽管我的东北乡下压根儿不存在真正的玫瑰花蕾，我也不记得丢失的帽子，更不晓得金·皮多尼的旧唱片是什么劳什子。但这些无所谓，我所认同的是他借此表达的一种广义上的

乡愁，及其关于乡愁表达的修辞。

　　说起来，就村上接受采访的次数不算少了，几乎次次都被问及村上对我的影响。而我的回答每每模棱两可：有影响，又没有影响。说没有影响，是因为我"邂逅"村上时已经三十六岁了——村上时年三十九——你想，一个三十六岁的大男人会那么容易受人影响吗？反言之，轻易受人影响的人还算得上大男人吗？也就是说，在人生观、价值观、世界观上面，我也好村上也好，各自的心都已包上了一层足够厚且足够硬的外壳，能破壳而入的东西是极其有限的。说有影响，主要集中在这类感悟和修辞。其实修辞本身即是一种感悟，如上面我所认同的关于乡愁的感悟、关于抵达乡愁的偶然性路径的感悟。而且，那不仅仅是抵达乡愁之路，也是抵达自我之路和对自我的确认。于是，我的乡愁与自我在这里得到了鼓励、安抚和加强。并在此过程中获得某种启示。启示即影响。

　　总之，我同村上之间就是这样一种关系：认同，启示，影响。至于村上的本意是否如此，一来无法确认，二来也不重要。

　　再以《挪威的森林》中大约人所共知的那句话为例："死并非生的对立面，而作为生的一部分永存"。而我真正认同这句话，却是在译完这本书的十七八年之后父母相继去世的时候。坦率地说，在世时我并没有天天想起他们，他们去世后我几乎天天想起。也就是说，因了死而父母同我、我同父母朝夕相守。亦即，死去的父母作为生存的我的"一部分永存"。这一认识、认同固然不可能让我从父母去世所带来的痛苦和懊悔中完全解脱出来，但多少不失为慰藉。因为，既然父母作为我的"一部分永存"，那么就意味父母仍然活着，至少我活着他们就活着。同时也启示我，使我对死多了一种把握方式。自不待言，这与文本语境中的这句话的本意是错位的——作为文学，"错位认同"也是认同，也是影响。

"缺乏想象力的狭隘、苛刻，自以为是的命题，空洞的术语，被篡夺的理想，僵化的思想体系——对我来说，真正可怕的是这些东西。……我不能对那类东西随便一笑置之。"当我翻译《海边的卡夫卡》译到这里的时候，我陡然心有所觉，并产生了强烈的认同感。当下我的工作以至人生目标的一部分，就是"不能对那类东西随便一笑置之"，不能让那个时代重新降临到我们头上。这当然并非这几句话所使然，但这几句话对我非同一般是毋庸置疑的。这也让我体会到，一个人认同什么、接受怎样的启示和影响，同一个人具有怎样的精神底色或精神土壤息息相关。是它决定我们对什么一笑置之或不能一笑

置之。或许可以认为，漫长的人生中，我们更多时候是为认同和接受某种什么做准备——必须拥有让某粒种子发芽的土壤。

进而言之，如果说村上文学翻译是一粒种子，那么衔来这粒种子的即是中国社科院外国文学研究所老研究员李德纯先生——先生认定我身上具有能使这粒种子发芽的土壤。而这，已经超越影响，属于提携后学的爱心和善举了。在这个意义上，我无疑是幸运的。

至于村上、村上文学是否受到我的影响，回答也同样模棱两可：没有，也有。没有，在于对方不大可能受到我的影响，尽管我和村上见过两次面；有，在于我通过中文为村上文学带来了第二次生命和无数中国读者。即使在经济上，谁又能一口咬定村上君今天的酒吧"埋单"完全不含有中译本版税银两呢？

（2013年7月15日）

— 10 —

莫言获诺奖：翻译和翻译以外

　　据说二○一二年之前中国作家所以拿不到诺贝尔文学奖，一个重要原因是翻译得不好。毕竟瑞典学院十八位院士之中只有马悦然一位懂汉语。其他人都要通过翻译阅读中国文学作品，比如今年读莫言——翻译即文本，译本即莫言。记得作家毕飞宇说过，文学翻译不同于"文件翻译"。后者"是一加一等于二的翻译，文学翻译是一加一大于二的翻译，骨子里是写作，一种很特殊的写作"。换言之，"文件翻译"大体译出字面意思就可以了。相比之下，文学翻译更要译出字面背后的东西，即要译出文字中潜伏的原作者的喘息、心跳、体温、气味以及节奏和音乐感。而这谈何容易。说夸张些，翻译既可成全一个作家，又可矮化甚至窒息一个作家。在这个意义上，诺奖

124

评审的确不是原作间的PK，而是译作间的比拼。

今年荣获诺奖的莫言本人也对翻译的重要性有充分的认识。二〇〇三年他在同苏州大学文学院教授王尧对话时说文学翻译大概有三种可能性。其一是二流作品被一流译者译为一流作品；其二是一流作品被蹩脚的译者译成二流甚至三流作品；其三是"一流的小说遇到了一流的翻译家，那就是天作之合了"。他紧接着说道："越是对本民族语言产生巨大影响的、越是有个性的作品，大概越是难翻好，除非碰上天才的翻译家。"

幸运的是，莫言作品的译者应该都很够档次。哈佛大学王德威教授透露，莫言多数作品的翻译均出自美国著名汉学家、翻译家葛浩文先生之手，"其精准程度令人信服"。莫言自己对此也有所知晓："我现在知道我的小说英文版是译得不错的。因为葛浩文在美国是公认的汉学权威，没有人像他这么多地翻译了中国的文学。至于读者的反应嘛，香港理工大学的刘绍棠教授对我说过：'你怎么碰到葛浩文的？他是最好的。'英文版《红高粱家族》一出版，他就撰文赞赏，说葛浩文的翻译和莫言的原文是旗鼓相当，《红高粱家族》英译本的出版，是英译汉语小说的一大盛事。"顺便说一句，葛浩文在中国台湾学过很多年中文，是著名诗人柳亚子之子柳元忌的研究生，其夫人是中国人。莫言说

"他的汉语甚至比我都好"。除了《红高粱家族》，葛浩文还翻译了《天堂蒜薹之歌》《酒国》《丰乳肥臀》以及中短篇小说集《师傅越来越幽默》等作品。作为法译本，杜特莱翻译的《酒国》得了法国的外国文学奖，该奖的对象是当年度一本最好的翻译小说。评论家栾健梅也在其博客中写道："在如今的英、法主流阅读市场，莫言作品的翻译无疑是最多的，也是最精准的。而这，也令众多当代作家羡慕不已。"

尤其幸运的是，莫言的《红高粱家族》《天堂蒜薹之歌》和《生死疲劳》等小说译成了瑞典学院十八位评委无疑最熟悉的瑞典语，译者是汉学家陈安娜。甚至马悦然也亲自上阵，应诺贝尔委员会之邀翻译了《透明的红萝卜》等短篇小说和若干散文。众所周知，马悦然不仅是瑞典学院的院士和评委，而且是声誉颇高的翻译家，其译文质量自然可以信赖。总之，莫言有幸获诺奖，很大程度上有赖于他的作品有幸得到好的翻译家。翻译功莫大焉。说白了，假如没有好的翻译，莫言的作品再好也休想捞到诺奖。翻译绝非林语堂所说的好比女人大腿上的丝袜，丝袜再好，曲线美也是大腿的。至少就诺奖评审而言，翻译即大腿，即曲线美。

但另一方面，莫言作品中也有不必翻译或翻译以外的部

分。那部分是什么呢？窃以为就是忏悔和救赎意识，这是其作品的灵魂。灵魂是不需要翻译的。

年纪稍大些的人都知道，"文革"期间和那以前有"家庭成分"之说，农村人一般分为贫农、中农、富农、地主四种。中农又多分出下中农、上中农两种。下中农是依靠对象，是革命主体，同贫农合称为贫下中农。莫言的"家庭成分"为富裕中农，应该就是上中农，属当时"团结、争取"的对象。而且，既然莫言曾经参军，那么肯定不会是地主或富农成分。但他的长篇小说《生死疲劳》却为地主喊冤——土地改革时被枪毙的地主西门闹认为自己有地产而无罪恶，死后在阴曹地府尽管受尽酷刑，但仍不屈不挠地喊冤叫屈。这意味着，作为非地主阶级出身的作者超越了自己的阶级属性，表现出一种难能可贵的对灵魂的拷问和忏悔。实际上莫言也有这样的自觉："我甚至认为作家这个职业应该是超阶级的，尽管你在社会当中属于某个阶层，但在写作时你应该努力做到超阶级。你要努力去怜悯所有的人，发现所有人的优点和缺点。中国缺少像托尔斯泰、陀思妥耶夫斯基那样的作家，多半是因为我们没有怜悯意识和忏悔意识。我们在掩盖灵魂深处的很多东西。"

在新作《蛙》中，主人公"姑姑"作为乡村妇科医生，曾给一万多个婴儿接生，是守护新的生命的天使。同时又为了坚决执行计划生育政策而给无数孕妇强行引产，"毁掉两千八百个孩子"，甚至造成过"一尸两命"的悲剧。那些被引掉的婴儿和死去的孕妇后来化作无数青蛙向"姑姑"复仇："它们波浪般涌上来，它们愤怒地鸣叫着从四面八方涌上来，把她团团围住。""姑姑"最终嫁给了擅长捏泥娃娃的郝大手。"姑姑将手中的泥娃娃，放置在最后一个空格里。然后，退一步，在房间正中的一个小小的供桌前，点燃了三炷香，跪下，双手合掌，口中念念有词"——显而易见，"姑姑"超越了自己的职业属性和体制属性，渴望通过供奉那些栩栩如生的泥娃娃使自己获得灵魂救赎。

莫言在《捍卫长篇的尊严》这篇《蛙》代序言中明确表示："只描写别人留给自己的伤痕，不描写自己留给别人的伤痕，不是悲悯，甚至是无耻。只揭示别人心中的恶，不袒露自己心中的恶，不是悲悯，甚至是无耻。只有正视人类之恶，只有认识到自我之丑，只有描写了人类不可克服的弱点和病态人格导致的悲惨命运，才是真正的悲剧，才可能具有'拷问灵魂'的深度和力度，才是真正的大悲悯。"毋庸置疑，这种大悲悯乃是出于一种强烈的忏悔意识。

应该指出，忏悔意识和灵魂救赎自觉正是很多国人所缺少的。大多情况下我们更倾向于委过于人、委过于体制、委过于历史和文化传统。而莫言拒绝这样做。就凭这一点，他就有足够的资格进入世界级文学家的行列。瑞典学院的诺贝尔文学奖评审委员会认为："借助魔幻现实主义与现实以及历史与社会视角的融合，莫言创造了一个世界，所呈现的复杂程度令人联想起威廉·福克纳和加夫列尔·加西亚·马尔克斯。"这应可视为莫言获奖的主要原因。但我以为，深层次的或更重要的原因恐怕在于这两个融合所催生的上述对主流价值观、对世俗的超越性和对个体灵魂的忏悔与救赎意识。此外原因还应该有其文体中近乎黑色幽默的比喻。他在《透明的红萝卜》中这样形容吃高粱面饼子时的生产队长："只有两个腮帮子像秋田里搬运粮草的老田鼠一样饱满地鼓着。"不仅如此，莫言作品中那天马行空无可抑勒的文学想象力，那长风出谷惊涛裂岸的叙事气势，那山重水复波谲云诡的语言风格，尤其文本中大跨度运行的撼人魂魄的思想力量以及思想背后涌动的对中国充满悖论的国民性和现代性命运的忧思和关切之情，都不能不让读者受到感染和为之动容。想必评委也很难例外，毕竟评委首先是读者。

（2012年10月19日）

— 11 —

村上春树："我不认识汉字"

　　看报的人似乎越来越少。是否全国普遍如此自不敢说，但在我所住的校园生活小区周围，这么说是不会错的。喏，只看学校后门那个报摊就知道了。以本地据说发行量最大的某报为例，始而一百多份，继而七八十份，再而三四十份，如今降到了一二十份。以小说创作打比方，由长篇小说而中篇小说而短篇小说而超短篇小说。以土地面积比之，始而一垧地，继而一亩地，再而一分地，如今只剩几垄黄瓜豆角了。

　　卖报的老者姓刘，以前在东北农村生产队当过队长，我叫他"刘队长"。他戏称我为"领导"。有时他低头整理书报摊而没及时瞧见我从校园出来，立马自我批评"目无领导"。偶尔我早上爬山回来采一束花，他则批评我："领导怎么老采野

花呢？小心'双规'！"上面的数字便是这位刘队长亲口告诉我的。其实他不说我也看在眼里——若非一早有课，每天必定从他手里买得一份报纸。别人看不看报我管不着，反正我是看的。我敢担保，假如刘队长某日只卖一份报纸了，买那份报纸的肯定是我。

为什么有那么多人不看报了呢？答案很简单：十有八九看手机了，看手机取代了看报。反过来说，我所以看报，是因为我不常看手机。那么，世界上有没有既看手机又看报的呢？有。作为个体就不说了，毕竟作为个体无所不有，这里只说整体。比如，作为整体的日本人或由日本人构成的整体。日本手机当然也很普及，超市里甚至白给。然而日本人仍喜欢看报。据日本新闻协会2012年统计，平均0.88户订一份报纸，即10户人家差不多9户订报。报纸种类近十年来几无变化。就发行量而言，日本报纸在世界十大报纸排名榜上占了一半。其中《读卖新闻》以1000万份发行量名列第一。尤其耐人寻味的是，即使北海道的荒郊僻野，那里的阿公阿婆看的也大多是东京发行的全国性大报，而非地方晚报之类。有关调查显示，92%的日本人认为报纸是最值得信赖的媒体。

不过，日本国民中也有不看报者。例如，名满天下的村上春树。他就不看报，死活不看，给也不看。空口无凭，有书为证。此君在《村上朝日堂是如何锻造的》那本随笔集里不打自招："十年来没订报纸，回想起来也没什么特别不便。"随即开始诉苦，说他刚写小说那阵子，曾被登门劝订报纸的人死缠活磨苦不堪言。"我这人不看报，所以不订报，不需要的。"村上对来人解释说。因为不看报所以不订报——因果关系简洁而有说服力，简直可以选为小学生造句范例。可是效果并不理想，对方并非等闲之辈，不肯轻易休兵。村上当然也不是等闲之辈。抓耳挠腮冥思苦想，最后决定这样拒绝："因为我不认识汉字所以不需要报纸。"因果关系比上一个更有说服力。是啊，汉字占了日本报纸多半篇幅，不认识汉字（"真名"）只认识字母（"假名"），看报根本看不出名堂。如此决定之后，村上开始对着镜子练习。练到自信满满之后，开始实施。"这招见效，立竿见影。哪家报纸的劝订员都瞠目结舌，只此一发便统统让他们落荒而逃。"他甚至为此受到太太村上阳子心悦诚服的夸奖："从你口中说出，还真有说服力。"

没想到，这招也有失灵的时候。某日一位老婆婆登门劝他订阅日本共产党中央机关报《赤旗》。村上照例说因为不认识汉字所以不需要报纸。"岂料对方毫不妥协，笑眯眯地说：

'跟你说，这《赤旗》还有漫画什么的。就算汉字不认得，漫画总认得吧？'语声甚是和蔼可亲。"《赤旗》最后订没订不得而知，但村上在日共老婆婆的教育下从此"改邪归正"——拒绝订报时再不以不认识汉字为台词了，"因为觉得撒那样的谎毕竟不好"。

说来也巧，正当我在日本东京郊外翻译村上这本随笔集翻译到这里的时候，忽闻门铃"叮咚"一声，开门一看，一位看不出是中年还是老年的日本男人以极为谦卑的笑脸劝我订报，还一再深深鞠躬说："拜托了！"我刚想如法炮制，用日语照说"因为我不认识汉字所以不需要报纸"，忽然觉察原来自己是从汉字老家来的中国人且是中国人中的汉族人，总不好说不认识汉字吧？只好乖乖订报。按理，我或许该订日本共产党的《赤旗》才是，可惜那位日共老婆婆没找上门。

说回村上。村上在中国的粉丝很多。作为粉丝，别的倒也罢了，可不看报不订报这点千万别学村上。人家不看报也成了大作家，但"因为不看报所以成了大作家"这个因果关系断难成立。也就是说，你再不看报怕也成不了大作家。所以还是时不时看报为好，别时时看手机。

（2014年10月16日）

— 12 —

村上笔下的人生最后24小时

假如人生只剩24小时，假如你我将在24小时后从这个桃红柳绿莺歌燕舞的世界上消失，那么你想做什么呢？这里说的当然不是卧病在床昏迷不醒的24小时，而是活蹦乱跳能做一切好事也能干所有坏事状态下的24小时——你打算如何度过这宝贝得不得了的24小时？

忽然冒出如此荒诞而又痛切的念头，是因为最近为在上海出精装本而重校村上春树《世界尽头与冷酷仙境》当中遇到了相关情境。那是具有某种暗示性和启示性的情境，同时含有不无英雄末路意味的悲凉和孤独感。容我概述如下以供参考。

主人公"我"是一位精通电脑技术的35岁男士。由于无比复杂的原因，他的人生只剩下24小时。跨度大约是10月2日

3p.m.—10月3日3p.m.。季节自然是秋天。不知何故，一个即将
走到生命尽头之人却对天气十分关注，几个比喻极见特色。例
如，晴："天空晴得如被尖刀深深剜开一般深邃而透彻"，晴
得"竟如今晨刚刚生成一般"，晴得"仿佛是不容任何人怀疑
的绝对观念"。并且感叹"作为结束人生的最后一天，场景似
乎不错"。

　　实际他最后24小时的人生场景也似乎不错，至少尽情饱餐
了一顿，做爱也做得相当尽兴。同一个胖女孩从地下"冷酷仙
境"逃到地面的他，做的第一件事就是给打过交道的图书馆女
孩打电话，约定当天傍晚6：00一起吃意大利风味餐。女孩是
"胃扩张"，他饿得"螺丝钉好像都能吃进去"，两人旗鼓相
当，顿时吃得天昏地暗。生牡蛎、意式牛肝酱、炖墨鱼、奶油
茄瓜、醋渍公鱼、巴旦豆焖鲈鱼、菠菜色拉，主食有意面、通
心粉、蘑菇饭和意式番茄炒饭。加之男侍应生"以御用接骨医
为皇太子校正脱臼的姿势毕恭毕敬地拔下葡萄酒瓶软木塞斟酒
入杯"，结果所有吃喝一扫而光。之后又去女孩家受用冷冻比
萨饼和帝王牌威士忌。吃罢淋浴上床，三次大动干戈。干罢一
起裹着毛毯听平·克劳斯贝的唱片，"心情畅快至极"。

　　翌日晴空万里，他同女孩开车去公园——"星期一早上的公园犹如飞机全部起飞后的航空母舰甲板一般空旷而静谧"——歪在草坪上喝冰凉冰凉的易拉罐啤酒，谈陀思妥耶夫斯基的《卡拉马佐夫兄弟》。女孩走后，他继续喝啤酒。当生存时间仅剩一小时多一点点的时候，他从钱夹里抽出两张信用卡烧了——两张现金支票昨天已经折成四折扔进烟灰缸——"我首先烧的是美国运通卡，继而把维萨卡也烧了。信用卡怡然自得地在烟灰缸中化为灰烬。我很想把保罗·斯图尔特牌领带也付之一炬，但想了想作罢，一来过于惹人注目，二来实在多此一举。"最后，他把车开到港口空无人影的仓库旁，在鲍勃·迪伦唱的《骤雨》声中进入沉沉的梦乡……24小时至此结束。

放下书，我不由得返回本文开头那个假定：假如自己的人生只剩24小时，自己会做什么呢？能效法上面的主人公吗？基本不大可能。作为人生压轴戏诚然声情并茂可圈可点，但问题首先是年龄不同。他35岁，我则至少要把这两个数字颠倒过来。有哪个图书馆女孩——尽管我平生最爱图书馆——肯同一个半大老头儿吃哪家子意大利风味餐呢？至于餐后去女孩住处共度良宵，更是痴心妄想。其次，身份不同。小说主人公是自由职业者，IC个体户。我则有单位有组织有领导，而且是据说多少名声在外的大学教授。倘在人生最后关头弄出桃色新闻，来个晚节不保，一世英

名从此休矣。这可使不得，万万使不得的。心情可以理解，但现实不可能由心情说了算。那么此外呢？扔存款折烧信用卡？这也绝无可能。人家是金牌王老五，一人吃饱全家不饿，身外之物留下也无用。我则是有老婆孩子之人。再说那东西也不在我身上，想烧也找不到。领带？领带倒是偶尔系在脖子上，可是把领带付之一炬又有什么可"酷"的呢？"一来过于惹人注目，二来实在多此一举"，信哉斯言。

思来想去，能效法主人公的只有两条：一是欣赏万里无云的晴空，二是躺在公园草坪上喝啤酒。非我自吹，我对万里晴空的鉴赏和描写绝对不在小说主人公或村上君之下。啤酒虽然喝不过他（他喝了六罐！），但喝啤酒这一行为本身并无差别。

不过，当务之急是必须把《世界尽头与冷酷仙境》的最后几页校完，两个半小时差不多。再往下，作为补偿我想领老婆孩子外出旅游。问题是21.5个小时能去哪里呢？去意大利吃意式番茄炒饭倒是不赖……

（2013年3月18日）

— 13 —

村上译者的无奈

校园。饭后散步。冬天，七点半不到天就黑尽了。但月光很好，照着法国梧桐不时翩然抖落的黄色叶片，照着垂柳柔弱而顽强的绿色身姿，照着几朵正在展示最后美丽的黄花月季。我慢慢看着走着，走着看着。人们大概正窝在沙发上看电视，几无人影。寂寥，萧索，清寂，冷。冷也是一种美，一种韵致。

忽然，传来踢球声，从老外语楼后院草坪上传来。我穿过月季园的小路，急切切往草坪赶去。枯黄的草坪上一个青年正在踢足球。飞起一脚，把球踢向草坪另一侧的石墙。石墙不是球门，球反弹回来，他再次抬脚猛踢。我没有犹豫，上前劝阻。无非老生常谈：草坪是用来绿化的啦，要保护环境啦，所以别再踢好不好……不料小伙子的回答却不老生常谈："我很尊敬你。一来你

138

是长辈，二来像你这么执着地劝别人保护环境的人如今很少了。尊敬归尊敬，可是我不能按你说的中止踢足球，我认为足球原本就是在草坪上踢的……"长相白白净净，文质彬彬，嘴角甚至漾出一丝不无真诚的笑意。这小子没准看过我译的村上。

青年继续面对我这个村上译者侃侃而谈："比如外国，外国的草坪本来就是供人运动的，而足球无论从哪个角度来看都是一种运动，一种极好的运动。你喜欢足球运动吗？"他再次笑笑。用村上君的说法，笑得如同夏日傍晚树丛间泻下的最后一缕夕晖。我则再次老生常谈：国情不同。外国即使所有国民都跑上草坪也没有多少人，不至于毁掉草坪，可咱们中国呢，人实在太多了。青年如石像一般全然不为所动："即便国内，清华是国内吧？清华园的草坪也是可以上去运动的。清华想必你是知道的吧？"他略略收起"夕晖"，一对清澈的眸子盯着我问。清华？不但村上，还冒出了清华——在清华读书不成？这小子实非等闲之辈。我退让一步："这样吧，孩子，等我走后你再拿球离开，马上不踢怕是有伤'清华'面子。""不不，清丽的月华下只有你我两人，无所谓面子。较之面子，更应该是对草坪以至足球运动的认识问题，而认识总是有差异的，差异性是世界得以存在的前提……"

我无法再听下去了。听得我越发陷入一种错觉：青年人好像在朗诵拙译村上作品的某一段。何况我是出来散步的，不是来和他讨论认识世界差异性的。"也罢，我们都再认识认识。不过我还是希望你中止草坪上的足球运动。草坪并非草皮，足球不是绣球，这也是差异。对不对？"

我转身走开。走了二三十步，身后再次响起足球声。我回走几步，隔着一丛灌木看着他，他也看着我。对视。他不踢了，不动，不离开。但我还能说什么，还能做什么呢？大约静静对视了十五秒。多好的月光啊！我刚一转身，再次响起足球被踢的声响，踢得格外狠。刚才他的村上式可爱从我心中迅速消失。我仿佛看见小草细弱的腰肢正在一次次折弯，最后连根拔出；看见准备明年开花的蒲公英正在强有力的大头鞋下哭泣。

说起来，这条从月季园中间和草坪边上经过的小路是我最喜欢走的路，往往来回走十几遍。春天蒲公英开花时我曾劝正用除草机除草的园艺工手下留情，也曾不止一次劝阻过在上面踢球的其他青年——他们无不道一声"不好意思"而乖乖离开，失灵的仅此一次。是因为他读我译的村上了吗？他的文体或说话方式诚然很村上，可他终究不是村上。虽说村上或村上小说里的主人公一贯我行我素，讨厌别人说教，讨厌清规戒律，讨厌整齐划一的步调，但他是个温和的绿色和平主义者，不夸夸其谈，不文过饰非，更不挑战社会公德。或者因为他是清华学子吗？从其能言善辩表现出的智商、临阵有余的从容和始终面带笑容的修养来看，可能性还是有的。问题是清华学子会如此执着地拒绝一个长者的合理规劝吗？抑或果真出于对草坪和足球运动认识上的差异？保护草坪不过是常识——实际上绝大多数师生也都是这么做的——这上面也会有那么多差异性吗？

我在这条路上边走边想。其实也不完全是我好为人师地劝导别人，也有我主动避让的时候。花前月下，松影柳荫，如有情侣卿卿我我且离小路较近，我一般都悄悄离开而不再往来徘徊。即使以后碰见刚才那位执着的草坪足球爱好者和某个姑娘在此零距离接触，我也同样避让，这回决不劝阻。

（2012年12月2日）

附记：事情并未结束。差不多一年后我又在同一地点同一时间见到了这位"村上式"草坪足球爱好者，我们聊了起来。他问我可是外语学院的老师，我说是。他又问："那么你可认识林少华老师？几年前我在北外听过他关于村上的讲座。去晚了，只好在后面站着听。距离远，没看清……"我说我就是你所说的林老师。此后他再不来草坪踢足球了，再未相见。

Chapter Ⅲ
舌尖上的大雁与槐花

— 01 —

文化，更是一种守护

　　作为爱好，除了在书房里看看写写，我还喜欢外出散步。作为散步的延伸，我还喜欢旅游，喜欢一个人去陌生的地方。当然不喜欢去热门景点，宁愿跑去荒郊僻野。比如前些日子去青州，短短三天，郊外的井塘古村就跑了两次。那富有生活情趣和美好寓意的砖木雕刻，那造型洗练而精致优美的木格窗，那日之夕矣的半截石壁和一面泥墙，泥墙中隐约可见的草秸……沧桑之美，寂寥之美，以至废墟之美。我出神地看着、凝视着。是的，它们甚至已不再是"凝固的音乐"。它们带着律动、带着喘息、带着气味和温煦朝我走来，走来我的身边，走进我的心里。仿佛就在这里等我，望眼欲穿地等我到来。

　　于是我明白了拥有和连接的关系。我在青岛市区，彼在青

州乡下，我并不拥有它们，然而它们和我、我和它们连接在了一起。而青岛美轮美奂的高楼大厦、修剪整齐的草坪、株距相等的街树，以及各种或堂而皇之或珠光宝气或方便快捷的现代化公共设施，作为青岛市民，我固然在某种程度上拥有它们，然而好像并不同它们连接，它们没有融入我的心灵，没有化为我生命的一部分。换言之，对于我，它们是"他者"；对于它们，我是异乡人——双方都不是为对方而存在的。一句话，拥有，但未连接。

这是为什么呢？或许因为城乡之差的关系。青岛是以钢筋混凝土为主旋律的现代城市。而古村五百多年前的明代传统民居和那片土地的风景的主旋律仍是诗意，仍可从中感受到诗意——人们曾诗意地栖居其中并且至今仍有人守护在那里、守护诗意。

是的，诗意。海德格尔说："人类，充满劳绩，诗意地栖居在大地上。"通常认为，有无思想是人类与动物类的主要区别。但我以为此外至少还应该加上一条：诗意，诗意栖居。无论如何，飞禽走兽也不至于从其窝洞中觉出诗意和于中营造诗意。这意味着，同为居所，动物是用来栖身的；而之于人，则不仅仅栖身，而且是灵魂的安顿之所，是精神境界的外现，是审美情趣的表达。我们从古村厚重的石头院墙感受到了主人对土地深沉的执着和依偎之情，从高耸的角楼领略了向往蓝天的强悍和飞升之感，而独具匠心的篱笆门未尝不是对"天人合一"的具象诠释。至于山坡上错落有致的一座座民居上面袅袅飘移的炊烟，无疑是从容、宁静与安详情思的物化……

不错，从身体栖居或安顿肉身角度来说，城市确乎是不二之选。它太会侍候和讨好我们的身体了：热了有空调，冷了有暖气，落座有沙发，睡觉有席梦思，拉撒有抽水马桶，散步有彩色地砖，餐饮有酒肆茶楼，购物有大小超市……城市的一切都是为了让身体舒服和生活方便而营造的，在这点上可以说应有尽有。唯一没有的是诗意。这是因为，诗意产生于自然，而城市离间了人与自然的关系，砍掉了树林，屏蔽了星星，硬化了泥土；诗意产生于从容，而城市让人们在个人利益最大化的博弈中疲于奔命；诗意产生于纯粹与纯洁，而城市使得人们在物欲横流的脏水沟里变得污秽不堪。法国人安托马·菲雷埃一六九〇年为新编《通用词典》做注解说："耕种土地是人类曾经从事的一切活动中最诚实、最纯洁的活动。"而文化，则是"人类为使土地肥沃、种植树木和栽培植物所采取的耕耘和改良措施。"然而城市恰恰与此背道而驰。城市成了土地的破

坏者，成了农耕文化和田园风光的终结者，唆使吮吸大地母亲乳汁长大的人类恩将仇报，愈发在其母体上胡作非为。换言之，以断代式思维和掠夺式行为向前推进的现代化、城市化进程正在毫不留情地消解诗意，删除诗意传奇。

我还觉得，删除的不仅仅是诗意，而且可能是诗本身。众所周知，《诗经》、楚辞、汉赋和唐诗宋词所依托和表达的大多是乡村风光。乡村的消失，势必在很大程度上阻断我们，尤其我们下一代对古诗词的理解、体悟和欣赏。小桥流水、平湖归帆、杏花春雨、秋月霞天、渡头落日、墟上炊烟以至灞桥扬柳、易水风寒……假如真有一天，这些画面中一一唐突地竖起整齐划一的混凝土楼房，那将是多么触目惊心的场景啊！何止诗，山水国画等艺术都可能随之消失。

是的，所谓文化，在很多时候更是一种守护。

（2012年11月5日）

— 02 —

旅游：寻找失落的故乡

鲁迅先生说人一阔脸就变。脸变没变不好断定，如今国人阔肯定是阔了，而且是相当阔了——没准比"赵太爷"还阔。阔的证据之一，是不再窝在家里受用老婆孩子热炕头，而是满世界旅游。尤其国庆这样的"黄金周"，几乎无人不游。于是网上戏曰：月入两万国外游，月入一万国内游，月入五千省内游，月入三千郊游市内游。总之非游不可，不游不快。岭南塞北，海角天涯，"到此一游"触目可见——非阔而何？

势之所趋，我也游。非我瞎说，仅青州就游了三次。前年青州，去年青州，今年青州。既非遥远的美国加州，又不是近邻日本的北九州和朝鲜的新义州，也不是国内的扬州苏州杭州广州贵州，非青州不可。何苦非青州不可呢？虽说青州名列古

九州之首，但明清以降因改称益都，青州之称早已淡出。直到一九八六年才复称青州，却也不过是小小的县级市。说实话，我始知青州是因为读"三国"，而实际确认则是几年前途经作为铁路站名的"青州市站"时的事了。当时心想为什么叫"青州市站"，而不像广州站那样就叫青州站呢？据我所知，站名刻意加"市"字者，仅此一例。

但我连年三游青州，当然不是为了研究"青州市"课题，也不完全因为自己大体属于"省内游"一族。那么因为什么呢？到底因为什么呢？我必须给自己一个答案、一个回复、一个交代。

青州旅游景点联翩闪过我的脑际：云门山号称天下第一大的"寿"字、驼山隋唐石窟摩崖造像群、仰天山佛光崖和千佛洞、有"北方九寨沟"之称的黄花溪、山东省保存最好的明清古村落——井塘古村，以及范公亭、三贤祠、李清照故居、偶园、昭德古街……最后重新闪回并交替定格的，只有井塘古村和昭德古街。村头的辘轳井和井旁挂满小灯笼般硕果累累的柿子树，村路旁黑漆斑驳木纹裸露而不失雅趣的老式木格窗，点缀几枝金黄色的野菊花或几朵紫色牵牛花的半截残缺的石砌院墙……和井塘古村同样，昭德古街也没修复。古旧的青砖灰瓦，格窗板门，时有

书香门第或大户人家的飞檐翘角，破败却又透出一股傲岸之气。尤其金乌西坠而夕晖照临之际，漫步其间，恍惚觉得范仲淹、欧阳修、富弼、赵明诚、李清照正迎面走来或擦肩而过，甚至闻得袁绍曹操官渡鏖兵的马蹄声声……

我思忖，旅游至少可分为两类。一类是寻找陌生美，体验异文化冲击，如境外游和境内边塞之旅。另一类是寻找熟识美，体认某种已逝的记忆。以中国古典言之，即"似曾相识燕归来""风景旧曾谙"。用我翻译当中遇到的法语来说，大约就是déjà-vu（既视感）。再换个说法，前者是探访他乡或异乡，充满好奇心和求知欲；后者则是追问故乡，怀有寻根意识和归省情思，所去之处无不是扩大了的故乡，无不是为了给乡愁以慰藉。在这个意义上，后者也是在寻找自己的童年以至人类的童年，因而脚步每每迈向乡村或依稀保有乡村面影的小城小镇。

雷蒙·威廉斯有一本书叫《乡愁与城市》。他在书中写道："一种关于乡村的观点往往是一种关于童年的观点：不仅仅是关于当地的记忆，或是理想化的共有的记忆，还有对童年的感受，对全心全意沉浸于自己世界中那种快乐的感觉——在我们的成长过程中，我们最终疏远了自己的这个世界并与之分

离，结果这种感觉和那个童年世界一起变成了我们观察的对象。"这段话不妨视之为对后一类旅行的理性解释和补充。是的，是在寻找最终疏离了自己或者莫如说自己疏离的那个世界和对那个世界的童年感受。简单说来，怀旧、怀乡！

那么，我的青州旅游属于哪一类呢？答案已不言而喻：属于后者。对我来说，青州不外乎是之于我的扩大了的、泛化了的故乡。抑或，我在青州找到了自己已然失落的故乡、已然失落的童年。唯其如此，我才连游三次仍乐此不疲。在广义上，我和我这样的人是在迷恋现代化、城镇化前的宁静，迷恋小桥流水、炊烟晚霞的温情，迷恋人类永远无法返回的童年和庇护童年的"周庄"。

而这，也说明自己老了——自己已不具有登高远眺喷薄欲出的朝阳般的体力和勇气了。就此而言，之于我，青州之旅并不仅仅是寻找故乡、寻找庇护童年的"周庄"和自己，也可能是在寻找身为都市异乡人的当下的自己。

（2013年10月18日）

— 03 —

落叶的文学性

深秋了。树叶不再长了，不再绿了。红的红，黄的黄，飘的飘，落的落。

记得上个星期在中国石油大学讲文学，"互动"时有个男生问我文学有什么用。我告诉他，同样看见一片树叶落下，懂文学的人和不懂文学的人，感受应该是不一样的。在前者眼中，飘落的可能是一首诗，一支歌，一缕秋思；而在后者看来可能仅仅是一片落叶。这就是文学的用处。就此而言，我觉得懂文学的人说不定比一般人幸福好多倍，而且这种幸福无须任何经济代价，不劳而获。

也巧，日前看报，上面说俄罗斯某座城市通过一项法律：不得清扫落叶，已经清扫的必须送回原处。这让我再次认识

到，俄罗斯果然是个诗意民族。生活中可以没有面包没有伏特加没有壁炉，但不能没有诗。也就是说，地上的落叶可能比地上落的卢布还金贵！

同是落叶，在吾国一些城市可就没那么金贵了：落叶被归为垃圾。一位大学同事告诉我，前几年大学本科教学评估期间，他所在的那所蛮够档次的大学的校长下令把深秋时节校园所有树叶全部打光，以免教育部派来的评估检查团把不知趣飘落的树叶视为垃圾，或不巧落在检查团某位女士头上影响其心绪，致使评估减分。我笑道，若那位女士是诗人，正巧诗兴大发，加分倒大有可能。对方说我太迂，诗人怎么能是检查团成员呢！

好了，不说这个了，说这个影响心绪，说回眼下的落叶。

一夜秋雨敲窗，翌日早上出门，只见校园那条路两侧的枫树叶落了一地。深红色的、浅红色的、红黄相间的、红黄莫辨的……或一片片贴在路上，或一叠叠铺在路旁，令人不忍落脚。而一抬头，雨后的晨光正一缕缕射在树上的枫叶上，光影斑驳，玲珑剔透，恍若置身梦境。再往前走就是高大的悬铃木了。夜雨洗去叶片的尘埃，增加了叶片的润泽，在清晨的阳光下更加显得五彩斑斓，闪闪生辉。粗大的枝条左右交叉，编织

成幽深而璀璨的长廊。间或有一两片款款飘落，宛如思凡仙女的彩裙。悬铃木尽头，一棵挺拔的银杏树守在老外语楼前。那是我最熟悉的一棵银杏。十年来，它看着我在教室里上课，我看着它在教室外长大。春天看它舒眉展眼鼓出嫩芽，夏天看它伸腰直背上下葱茏，秋日看它娉娉婷婷满树夕阳。时而有两三把金色的小扇子随风飘进窗口，翩然落在讲台上，落在打开的书页上——是想蹭课听日语、学翻译吗？是想求我在扇面题写俳句吗？而当书合上的时候，它便乖巧地变成书签告诉我下一节从哪里开始。说实话，几年前迁往新校区上课的时候，最舍不得的就是这棵银杏。新校区固然崭新固然漂亮，可惜教学楼窗外还是教学楼。

我站在这棵银杏树下抬头细看。金灿灿，红彤彤，深邃，通透，洒脱。你知道自己再不能通过光合作用向母体输送营养了，便为了减轻母体的负担而毅然决定离开母体，飘落下来化为松软的毯片温暖树根，以便母体凌风斗雪养精蓄锐，在下一个春天到来时长出更多更绿的叶片——那是你的再生吗？我不知道。我知道、我看到的，是你此刻正在展示今生今世最后的辉煌，以此举行告别母体的庄严仪式。

也不仅银杏，枫树、悬铃木等许多树木的叶片尽皆如此。

人是不是如此呢？我猜想也是如此。如果把人世、把世界比作一棵树，那么我们每一个人即是一片树叶，总有一天褪去生机勃勃的绿色，而逐渐变老变黄，最后悄然飘落。什么时候飘落诚然重要，但同样重要，甚至更重要的是飘落前展示怎样的光彩。

最后我想引用日本当代著名画家东山魁夷先生的话结束这篇小文章。先生在《一片树叶》那篇散文中这样写道："一片树叶的飘落绝不是无意义的，而同整棵树的生命密切相关。正因为一片树叶上有诞生与衰老，树才得以一年四季生生不息。一个人的生死也关系到整个人类。毫无疑问，任何人都不中意死。珍惜赋予自己的生，同时珍惜别人的生。而生完结时回归大地，应该是一件幸事——这与其说是我观察院子树上一片树叶获得的感悟，莫如说是一片树叶向我静静讲述生死轮回的真谛。"

（2013年11月15日）

— 04 —

慢美学或美学意义上的慢

　　学校进入年终"盘点"阶段。出题，考试，阅卷。我也阅卷。本科生阅完了，阅研究生。地方小城，人微言轻，自然招不来北大清华复旦高才生，但毕竟以10∶1淘汰制招进门的，加之80后们90后们脑细胞发育极好，故而答卷不乏亮点，如灰头土脑的草坪上不时绽开几朵嫩黄色的蒲公英，带给我一分惊喜，一丝慰藉，至少使得阅卷中连续滚动的干涩眼球有了动力和润滑感。

　　试举一例。给研究生上课时我讲到我的老伙计村上春树，讲起他的短篇集《再袭面包店》中的《象的失踪》。故事很简单。日本一座小镇饲养的一头老得"举步维艰"的大象忽然失踪了，失踪得利利索索。若是小猫小狗倒也罢了，而体积如山

156

的大象失踪无论如何都匪夷所思。于是我让研究生们写一篇小论文，论述大象失踪的原因和意义。大部分人的论述都中规中矩，都在意料之中。正当阅卷的我为此阅得人困马乏之时，"蒲公英"出现了！一位研究生写道：失踪的大象乃是村上春树的图腾（象图腾！）——大概村上骨子里想做一只大大的、特立独行的、老实安静而又孤傲任性的大象，有自成一体的思想和价值观，追求灵魂的独立和自由，某一天对象舍或围栅感觉不爽了，就招呼也不打地失踪了，以此表达他对这个越来越急功近利的世界的不满和担忧。

尤为难得的是，这位研究生还从性格沉静、喜欢慢节奏的大象（或村上）的赏析过渡到对"慢美学"的描述和向往。她为此引用了李商隐的《夜雨寄北》："君问归期未有期，巴山夜雨涨秋池。何当共剪西窗烛，却话巴山夜雨时。"通常认为这首诗表达的是诗人对远方妻子的深情思念。但换一个角度，便不难发现其中更值得玩味的情境：一个人听着窗外夜雨思念另一个人会是怎样的景况、怎样的心境？如今还有谁会谛听一场夜雨？会在夜雨淅沥声中思念远方的某个人？

是啊，时代的发展与科技的进步，已经在很大程度上消解了人们对巴山夜雨的美学憧憬，人自然被掀开了"天灵盖"，

一切被赤裸裸置于充满功利性的冷酷目光的审视之下，一切被钉在"时间就是生命，时间就是金钱"的座右铭中，一切被绑在风驰电掣顷刻万里的时代高铁之上。没有人品听夏夜雨打芭蕉的声韵，没有人细看冬日六角奇葩的舞姿，没有人仰观月亮上的嫦娥和玉兔。更没有人静静等待山溪缓缓汇集，只想游览千岛湖风光；没有人默默等待青卷黄灯的长夜，只想发表论文评职称；没有人慢慢等待爱情的种子缓缓发芽，只想偷食禁果。慢成了一种消耗，一种奢侈，一种乖张。一句话，成了不合时宜的大象。殊不知大凡艺术、大凡美都源于慢，都同慢有关——花朵绽放之前，要慢慢忍受风雪交加的寒冬，彩蝶展翅之前，要在黑暗的茧壳中慢慢等待……

看到这里，想到这里，我陡然想到了自己。多少年来自己也是不是跑得太快了？课一节接一节上，不曾停下来回头欣赏课堂上的风景，而意识到时，已经上了三十年；书一本接一本译，连译了多少本都忘记数了。某日上海一所大学的博士生发来拙译一览表，这才得知已经译了七十多本，仅村上就译了四十一本。文章也一篇接一篇写，刚才数了一遍，已经写了三百九十一篇。甚至岁数都忘了。一直以为自己仍三四十岁，而蓦然回首，早已年过半百！好在岁数也似乎忘记了我。非我自作多情，几乎所有人

都看不出我有那么大岁数。作为岁数忘记我的具体根据，一是忘了让我掉头发。漫说谢顶，连华盖征兆都尚未出现，即使同二十岁时相比也好像一根也不少。二是忘了让我发福。和村上向往的"举步维艰"的老年大笨象不同，至今不知肚腩为何物，走路爬山健步如飞，90后跟上来都气喘吁吁。三是记忆力仍好得出奇。谁若说我坏话，连标点符号都记得一清二楚。至于日语单词，再冷僻难记的也休想向我挑战，日语那玩意儿还算外语吗！

然而问题是，这就是生活的一切、人生的一切吗？人生就是记单词，就是上课、翻译和写文章吗？多少年来，我没留意手中茶杯的花纹和色差，没留意耳边音乐的主题及乐器合成，没留意家人白天干家务的倦容和晚间休息时的睡相，没留意父母脸上日益增多的皱纹和日渐滞重的脚步……

这么着，我决定二○一三年让自己慢下来，是不是美学意义上的慢或慢美学我不知道，但有一点可以断定：慢定能产生美学，产生另一种美，甚至产生爱。

（2013年1月17日）

— 05 —

水仙花为什么六瓣

当今教授，或参政居庙堂之高，或经商掌千金之重，或从军拥数万铁骑，都应该不是什么奇闻。但某日忽然有人削发为僧，作为现实性消息，想必还是有非同一般的冲击力的。而我的一位具有正高职称的朋友前不久即毅然出家。尽管多少有所预料，但确切得知之时，到底惊诧不已。惊诧之余，不由得回想和思考了许许多多。

二十年前我在广州任教时就和他相识了。国内读的硕士，国外拿的博士，回国后任职于岭南首屈一指的高等学府。文质彬彬，儒雅得很。后来我北上青岛，外出开会讲学亦时而与之相见。不知从哪次见面开始，见他不再西装革履了，改穿中式对襟衣衫，发式亦改为极短极短的平头。聚餐同桌，得知他早

已经吃素了。作为文化学者，他侧重研究佛学我是知道的。但我以为那终究是学问，是学术研究，同信仰未必有直接关系，至少其间横亘着相当辽远的开阔地带。想不到他竟开始跨越这开阔地带，成了知行合一的践行者。这既让我感到意外和不解，又让我生出几分敬畏，觉得两人之间豁然闪出另一片开阔地带。

最近一次见面是在去年四月中下旬江南落英缤纷的晚春时节。我应邀去江南一所大学短期讲学，他是几年前从岭南调去那里的专职教授。交谈之间，觉得他果然给人以仙风道骨之感，借用旧书上一句话：飘飘然有神仙之概。临走当天中午，他代表院长为我设宴饯行，主宾相邻而坐。干杯时我举起花雕，他则以茶水代之。遂问黄酒无关乎杀生，缘何不喝，答曰黄酒也罢白酒也罢，凡酒皆乱性。席间他甚至鸡蛋亦不入口，又问其故，答曰无法鉴别是不是受精卵，受精即为生命，食之即为杀生，故不食也。"那么营养从何而来呢？"我紧追不舍。他淡淡一笑："体重一百四十有余，何患营养不足？"细看其面，但见面色红润，神采奕奕，比我等酒肉之徒好看得多也年轻得多。我心中始而诧异，继而领悟：信仰总在科学之上。也是借着一分酒意，我果断地代表众生问了一个重大而敏

感的问题："来生来世果真有吗？"他笑而不答。一再催问，他缓缓开口："无法证实亦无法证伪，无法证伪亦无法证实，证实与证伪之间，实伪之间，君自证可也！"

写到这里，我啜了一口茶。龙井。陡然想起这茶还是他那天送给我的，当时特别强调一句："事象多在实伪之间，龙井亦然，但此茶绝对可以证实是上等好茶。"诚如其言，确乎好茶，大半年后仍清香隐约——"且吃茶去！"

此刻我的这位朋友在寺院里做什么呢？不管怎么说，中国的寺院不同于日本的寺院可以携一家老小在里面吃喝玩乐。虽说有处级和尚之讥，但整体上毕竟是迥然有别于外部世界的另一天地。晨钟暮鼓，黄卷青灯，香烟袅袅，木鱼声声，苍松翠竹，明月清风，庭院寂寂，步履轻轻。世俗的超越，内在的平静。在这重实利轻信仰、重有形轻无形的当今之世决意皈依佛门，我想未必是放弃知识分子应尽的社会责任，而可能是另一种旨在自他精神救赎的勇敢担当。曾几何时，同席谈笑；倏忽之间，僧俗两隔，心中感触，何止寂寞。南无阿弥陀佛！

人生境界，窃以为有三：修齐治平，先忧后乐，知其不可为而为之，是谓孔孟境界；道法自然，无为而治，"至人无己，神人无功，圣人无名"，是谓老庄境界；本来无一物，何处惹尘埃，青青翠竹，皆有佛性，郁郁黄花，俱是法身，是谓禅佛境界。

那么我现在处于哪一境界，以后又能朝哪一境界接近呢？灯下思索之间，鼻端飘来水仙花淡淡的幽香。我抬眼注视水仙清秀的花朵。数了数，足有三四十朵，莹白如玉的花瓣俱是六瓣。五瓣的没有，七瓣的没有，不多不少，尽皆六瓣。脑海里忽然涌出一个问号：为什么无一例外全是六瓣呢？为什么非六瓣不可呢？谁规定的？又为什么个个遵守这项规定？最通常的解释是遗传基因使然。可遗传基因又是从哪里来的呢？如果达尔文回答不了或其回答缺乏足够的说服力，那么势必去造物主那里求教。于是我转而心想，我的这位出家朋友说不定是找造物主求教去了——求教水仙为什么六瓣？

（2013年2月20日）

— 06 —

书房夜雨思铁生

　　也许你喜欢华灯初上的黄昏街头，喜欢万家灯火的入夜城区。我也并非不喜欢，但我更喜欢夜深人静时分书房那盏孤灯、书灯。若窗外响起淅淅沥沥的雨声，我往往掷笔于案，走去两排书橱的夹角，蜷缩在小沙发上，捧一杯清茶，在雨声中任凭自己的思绪跑得很远很远。倏尔由远而近，倏尔由近而远。

　　记得南宋词人蒋捷有一首词《虞美人·听雨》："少年听雨歌楼上，红烛昏罗帐。壮年听雨客舟中，江阔云低、断雁叫西风。而今听雨僧庐下，鬓已星星也。悲欢离合总无情，一任阶前点滴到天明。"雨或许是同样的雨，但听雨的场所变了，由歌楼而客舟而僧庐。年龄亦由少年而壮年而老年，最后定格在老年听雨僧庐。我则听雨书房。没有红烛昏罗帐的孟浪，没

有断雁叫西风的悲凉。不过，想必因为同样鬓已星星，"悲欢
离合总无情"，庶几近之。

夜雨关情之作，李商隐的诗更加广为人知："君问归期
未有期，巴山夜雨涨秋池。何当共剪西窗烛，却话巴山夜雨
时。"写得真好，世界第一。拿两个诺贝尔文学奖都不过分。

如今，李商隐不在了，蒋捷不在了。所幸雨还在，夜还
在，烛也还在。雨、夜、烛（灯）、书房，四者构成一个充分
自足的世界、一个完整无缺的情境。不是吗？白天的雨是不属
于自己的，甚至是妨碍自己的他者。不仅白天的雨，而且白天
本身也好像很难属于自己。属于政治，属于经济，属于公众，
属于征战与拼搏，唯独不属于自己。但雨夜不同，夜的细雨不
同。夜雨具有极重的私人性质，是专门为自己、为每一个独处
男女下的雨。雨丝、雨滴从高高的天空云层穿过沉沉的夜幕，
轻轻滑过书房的檐前，或者微微叩击灯光隐约的玻璃窗扇，仿
佛向你我传递种种样样的信息，讲述种种样样的故事，天外
的，远方的，近邻的，地表地下的……至少，雨没有忽略宇宙
间这颗小小的行星上蜷缩在书房角落的微乎其微的自己——我
不由得涌起一股莫可言喻的感动。

蓦然，我想起了已经去世两年多的史铁生。铁生说夜晚

是心的故乡，存放着童年的梦。是啊，故乡！"那故乡的风和故乡的云，为我抹去创痕。我曾经豪情万丈，归来却空空的行囊……"我的故乡呢？我的故乡远在千里之外。可我仍然看见了故乡的云，故乡的雨，故乡的灯。看见了那座小山村的夜雨孤灯，看见祖父正在灯下哼着什么谣曲编筐编席子，看见灯下母亲映在泥巴墙上纳鞋底的身影。甚至看见了我自己。看见自己算怎么回事呢？但那个人分明是自己——一盏煤油灯下，自己正趴在炕角矮桌上抄录书上的漂亮句子。油越来越少，灯越来越暗，头越来越低。忽然，"嗞啦"一声，灯火苗烧着额前的头发，烧出一股好像烧麻雀的特殊焦煳味儿。俄尔，屋角搪瓷脸盆"咚"一声响起滴水声。我知道，外面的雨肯定下大了，屋顶漏雨了。草房，多年没苫了，苫不起。生活不是抄在本本上的漂亮句子。可我归终必须感谢那些漂亮句子，是那些漂亮句子使我对山间轻盈的晨雾和天边亮丽的晚霞始终保持不息的感动和审美激情；是她们拉我走出那座小山村，把我推向华灯初上的都市街衢。

此刻，故乡也在下雨吗？那盏煤油灯还在吗？童年的梦，是梦又不是梦，不是梦又是梦。铁生说的不错，那是存放着的童年的梦，存放在夜晚，存放在下雨的夜晚，存放在弥散着雨夜昏黄灯光的书房中。我觉得，自己最终还是要返回那个小山村，返回故乡。因此，这里存放的不仅仅是童年的梦，也是自己现在的梦。

铁生上面的话没有说完，他接着说道："夜晚是人独对苍天的时候：我为什么要来？我能不能不来，以及能不能再来？"三个追问，大体说了三生：前生、今生、来生。夜雨孤灯，坐拥书城，恐怕任何人都会不期然想到这个神秘而重大的命题。作为宗教命题是有解的，而作为哲学和人生命题则是无解的。特别是来生：能不能再来？铁生没有明确回答，但他说了这样一句："推而演之，死也就是生的一种形态。"铁生的今生已经结束了。那么他的"生"之形态究竟是怎样一种形态？铁生夫人陈希米日前出了一本书《让"死"活下去》，以其特殊身份和特殊情感做出了某种程度的回答。但我所关心的，更是铁生实际上能不能再来，逝者能不能再来。

想到这里，我走去窗前，拉开窗，面对无边的夜空和无尽的雨丝沉思良久。不管怎样，我还是相信灵魂，相信灵魂的不死和永恒。

（2013年3月15日）

— 07 —

生命消失的悲伤

日前从西安回来，回到家已经下午四点多了。放下行李，听得北阳台鸟笼里小鹦鹉叫得有点儿异样，急切切一声接一声。我急切切一步接一步走了过去。是小绿在叫——羽毛是绿的，我和家人叫它小绿；另一只蓝羽毛的，叫小蓝——在横杆上叫。小蓝呢？小蓝去了哪里？看见了，小蓝躺在笼底不动，一动不动。我心里一惊，打开笼门，把小蓝取出，放在手心静静抚摸——它静静躺在我的手心，不动，不叫。

六年了，小蓝小绿是六年前一起来我家的。小孩儿要养鸟，她的同伴的父亲就送了来。起始我没在意，在意是后来过了很久的事。尤其写东西卡壳儿或者看资料看晕了的时候，听得它俩叽叽叽的叫声，就情不自禁地离开书桌，走到北阳台鸟

笼跟前。叫声谈不上多好听，但模样的确好看。小绿足够绿，小蓝足够蓝。羽毛都像刚刚梳理过和打磨过似的，齐整整滑润润，闪着柔和的光。小眼睛圆圆的，滴溜溜圆，几乎看不出眨闪，极有神气。看不出烦恼，看不出困惑，看不出忧伤。眼神实在太纯粹了，纯粹得令人不忍对视。

有时我很羡慕它俩。至少它俩不必像我这样为学院上博士点搜肠刮肚写论文，写出来还要抓耳挠腮考虑发表在什么级别刊物上，以及引用率、影响因子，也不必担忧自己的翻译是否美化了原作。毕竟原作是皮而翻译是毛，皮之不存，毛将焉附，哪怕毛再好看——绿色也好蓝色也罢——毛也只能是附属物。在这点上，觉得它俩没准比我快乐，比我幸福。当然，它俩的处境也存在根本性问题，那就是不自由。或者说自由只是笼子里的自由：有吃有喝，无风无雨，在两尺见方的空间中尽可上窜下跳。然而飞不上蓝天。于是我几次建议放飞。家人经过咨询，告诉我不能放飞，因为它们已然失去在天空飞翔和野外觅食的能力。一如把金鱼放归大海，等待它的，除了惊涛骇浪就是海蛇鲨鱼。一次我半信半疑地打开笼门，打开窗扇。它俩怯怯地走出，继而颤颤地飞了起来。可惜没有飞向窗外蓝天，小绿飞到窗口又飞了回来，小蓝飞了一圈后索性飞回笼口。

　　小绿是雄性，小蓝是雌性。一般说来，雄性比雌性力气大，争夺中多占上风。而它俩却相反。每次我用指尖捏着剥皮剥去一半的葵花子递到铁丝笼空隙，它俩便过来啄食。不是你啄一口我啄一口，而是小蓝先把小绿啄去一边，抢先独自啄食。这不公平！为了公平，有时我一只手捏一粒葵花子递过去。奇怪的是，小蓝只吃皮，指尖分明感觉得出那小小嘴巴的力量感；小绿只吃仁儿，几口就把仁儿啄得一干二净。递给菜叶时也是小蓝先吃，小绿实在忍不住了，就绕到另一侧"偷袭"……

　　我这么一边想着回忆着，一边继续抚摸小蓝的羽毛。羽毛还是那身羽毛，没有零乱，但再也不能扑棱棱展翅了；眼睛悄悄合上了，永远掩住了纯粹而机灵的眼神；嘴紧紧闭上了，再也发不出将我从书房唤去北阳台的叽叽声。蓦地，我觉出小蓝其实很瘦，胸骨瘦得薄如刀片，两只腿的腿根也没多少肉肉。悲伤之余，我不由得生出一丝敬意：原来它以这么瘦弱的身子骨儿将胜利者的尊严，将雌性的矜持保持到最后！尽管那可能是配偶间爱的角逐。

　　我站起来，找来一个大些的信封，把小蓝软软的身子轻轻装了进去。然后和小女儿一起下楼，在前院书房下面的一棵樱花树下挖出一个小坑，让小蓝在信封里侧身躺好，放到坑里……

我知道，小蓝并不只是之于我的和身边家人的小蓝，它还是自己一个亲人心爱的小蓝——很远的远方不止一次有电话打来问小蓝小绿，每次谈起都那么欣喜那么兴奋。可现在小蓝没了，一条生命消失了，是我没有照顾好啊！想到这里，我不禁落下泪来，一边填土一边落泪。

别了，小蓝！你虽然名叫小蓝，但你终生不知道蓝天，就那样在我身边度过了六年囚笼生涯。你虽为雌性，但始终没有生蛋、没有表达母爱的机会，因了铁丝笼里没有适于生蛋的地方。别了，小蓝！你那叽叽不止的奏鸣、你那纯粹的眼神和优美的身姿曾陪伴我走过了六年人生旅途。别了，小蓝，一路走好！带着我们的思念，带着远方的牵挂，带着小绿的宽容与爱……

（2014年6月16日）

171

— 08 —

文学与文学女孩的来访

信不信由你，我可是觉得喜欢文学的人一般不会是坏人，即使坏也坏不到哪里去。例如我。我固然有种种样样的缺点，如刚愎自用、口出狂言、愤世嫉俗，等等，但人肯定不坏，不坏别人——有坏别人的工夫，还不如看蚂蚁上树听知了歌唱，不如对着狗尾草尖那只红脑袋蜻蜓发发呆，不如目送那片飘零的梧桐叶感悟人生的遭际和归宿。何况，"屈平辞赋悬日月，楚王台榭空山丘，功名富贵若长在，汉水亦应西北流。"屈平与楚王、辞赋与功名富贵之间，孰重孰轻，岂非自明之理！

当然，如今文坛风气往往为人诟病。但毕竟没听说哪个作家、哪个作协主席副主席贪污受贿多少银两而被逮了进去。闹出风流韵事者倒有若干，但较之官场和演艺界也全然不可同日

而语。一句话，文学让人超越，让人追求诗意，让人关心灵魂的超度和彼岸世界的风景。

不瞒你说，我特别喜欢热爱文学的学生。若有哪个女生或男生对我说特爱文学尤其爱看我的译作和我写的文章，我就欢喜得什么似的，恨不得立马给他加二十分推免读研。说玄乎些，喜爱文学和不喜爱的人的眼神都不一样。一次上课我对学生说，哪个昨晚看书了甚至看什么书了，老师一眼就看得出来：昨晚看书之人和看电视之人的眼神能一样吗？看唐诗宋词之人的眼神和看黄色小说之人的眼神能一样吗？听得学生眼神当即紧张起来。是戏言，又不纯属戏言——文学不就是这样的玩意儿吗？

不过说到底，文学是不大适于谈论的。作为翻译家，我自以为能够很大程度上传达原作之为文学的精妙之处；而作为文学研究者，我每每感到绝望——文学的精妙之处恰恰是学术研讨的死角或盲点。作为教员在课堂上讲授的也大体如此，我能讲授的往往是作为欣赏角度和理论分析最成熟、最规范以至常识性的部分。不用说，理论、规范和常识之于文学是最无用的东西。在这个意义上，中国古代文学理论较之西方不够系统不够发达，其实不是落后，而是真正懂文学的表现。极端说来，文学犹禅学，崇尚不立文字。因此，在课堂上、在论文中谈论文学固然迫不得

已，亦是为稻粱谋之需；而在此外场合，我尽可能避免，宁愿半躺在书房角落昏黄的灯光下捧一本书默默傻笑。我的老伙计村上春树君也对这点心领神会："写文章的诀窍就是不写文章"。戏仿一句，谈论文学的诀窍就是不谈论文学。

话虽这么说，终究还得谈论一次。

家人去海南岛旅游了，跟团去的。行前问我去不去，我说要去自己去，我最最讨厌跟在举着小黄旗一路胡诌八扯的导游小姐屁股后贼溜溜左顾右盼，活像难民，傻气！这么着，落得我一个人在家清静自在，多好！不料当天就有电话扰人清静。女孩打来的："林老师，记得我吗？我就是春天你在图书馆讲文学的时候特意从北京跑来听的那个女孩，一起照了相，后来你还用伊妹儿鼓励我搞文学创作。这次我又特意从北京跑来，带了写好的一篇小说……"女孩要来我家跟我谈文学，要我指点她写的小说。小说？小说那玩意儿我可从未写过，以后怕也写不来，若是谈小说翻译倒也罢了……但我终归无法拒绝女孩的来访。作为好歹算是为人师表的男人，怎么好意思拒绝一个两次从北京特意跑来青岛的文学女孩的来访呢？何况记忆中她又足够漂亮，家人又不在家，这本身都快成小说了……

文学女孩来了，打扮也足够文学，差不多只露两只眼睛。进书房坐下解除武装后，我的记忆才倏然复苏。四川口音，成

都女孩，明眸皓齿，顾盼生辉。工作是在北京一家房地产公司做导购。倒是怎么看她都不像啥子导购，清纯得很！

女孩掏出打印好的小说，连文件夹一起递给我。她说这是压缩本，三万来字，以便节省我的时间。于是我一页页翻看她的小说，她一眼眼打量我的书房。小说不错，情节轻松有趣，语言生动活泼，有几个比喻俏皮至极。但终究是一般性少男少女故事，上大学啦谈恋爱啦毕业后的小资性纠结啦。大致看罢，我在充分肯定其文学才华的基础上煞有介事地说了三点——她赶紧搬椅凑过来听——首先，尽管莫言在斯德哥尔摩说他是"讲故事的人"，但我认为写小说不是讲故事，小说是隐喻。你要通过小说隐喻什么呢？你的灵魂制高点在哪儿？其次，你这样的年龄段这样的阅历，情节与人相近在所难免，但文体不能也不可以重复，文体要"陌生化"。换句话说，你使用的砖块必须是只有你自己才烧制得出的砖块。最后，要有方向感。为此我借用村上君的话："怎样写文章，同怎样活着基本是一回事。一如怎样向女孩子花言巧语，怎样吵架，去寿司店吃什么，等等。"也是因为天色晚了，最后我提议："附近真有一家寿司店，如果不介意，一起去那里吃寿司如何？"当然我不至于花言巧语——这把年纪了，花言巧语也不顶用。

（2013年1月29日）

— 09 —

《小小十年》和小小少年

可以说，至少新世纪以来，中国文学从来没有像二〇一二年十月十一日以后这般荣耀——原本像五十七岁灰溜溜靠边站的处级官员的纯文学，因了莫言获得诺贝尔文学奖，忽一下子被拉回主席台的正中央。鲜花、掌声、笑脸、闪光灯。人们甚至开始像谈论股票和房价一样谈论文学。这太好了，文学关乎审美，关乎人性，关乎灵魂，关乎形而上精神追求，谈文学总比谈别的什么好。这不，一位编辑也让我谈谈文学，谈谈文学带给我的酸甜苦辣，或者我和文学之间发生的故事。

倒是有一件事想谈谈——算不算故事不好说——此事从未谈过。一来难以启齿，二来其中并不含有正面意义或某种启示性。但的确同文学有关。由于太有关了，所以此刻最先想起的

只能是这件事。

　　大约是几十年前我上初中的时候的事。我们一家三代住在小山村西山坡一座低矮的草房子里。父母带我们几个小孩住堂屋东头一间，爷爷奶奶住堂屋西面一间，最西头一间留给当兵的叔叔回来娶媳妇。父母这边人口多，一间住不开，我就住在叔叔的"预留房"里。叔叔是个喜欢看书的人。他有两个近乎狭长的长方形书箱，一个放在炕梢老木柜上面，一个放在房脊下的棚梁上面。一天放学回来见爷爷奶奶出门去了，我就悄悄撬开老木柜书箱的锁头挂扣，打开箱盖。好家伙，一箱子小人书！三国水浒西游什么的，虽不完全成套，但也足够多的，我顿时心花怒放。那以后每天放学回来就从这"百宝箱"里掏出一两本来，歪在炕头铺盖卷上或拿去山坡松树林靠着树根美美受用。初夏，和风，花草和庄稼的清香，小人书，美上天了。一本本快看完的时候，我就爬上棚梁把另一个书箱撬开。这回不是小人书了，大厚本，长篇小说最多。其中一本叫《小小十年》，很旧，封皮不见了，看样子不知有多少人看过。书名并不吸引我，但随手翻阅之间，碰巧有几个敏感字眼弄得我心里痒痒的，索性从头看起。实不相瞒，最刺激我的是主人公和他的朋友去妓院那些章节。其中一句我至今仍一字不差地——肯

定一字不差——记得："她身穿马甲，睡在我们两人中间"。还一句是"我一共和她睡了七次"。

你可以想见，对我这个十几岁的乡下少年来说，这寥寥二十几个字具有怎样的挑逗性，我的想象和困惑如突然掀锅时的水蒸气一样升腾起来。首先，我搞不清"睡"的引申含义。不似我这样骨碌一声倒头便睡这点我是知晓的，但事关男女，如何睡就无从知晓了。虽不知晓，却又隐约觉得万千美妙尽在"睡"中。其次一点，不知"马甲"是什么物件。乡下长大，马是知道的，马拉的车我也坐过，可"甲"是什么呢？常山赵子龙身上的盔甲在小人书里见过，但"马甲"组合就莫名其妙了。更要命的是"女子身穿马甲"，且"睡在我们中间"以及"睡了七次"。

总之，这本《小小十年》连同墙上贴的年画《红色娘子军》上的芭蕾舞姿成了我的性启蒙读物。即使摧枯拉朽的"文革"风暴也未能阻止我对"睡"和"马甲"汹涌澎湃的求解渴望和无限向往。若干年后，"睡"在概念上大体清楚了。至于"马甲"的破解，不怕你见笑，已是进入新世纪以后的事了。破解时我先笑了：什么呀，原来就是背心或坎肩嘛！那东西我早就穿过——也曾"身穿马甲"睡觉的嘛！直说"身穿背心"岂不更好？文学这东西就是喜欢绕弯子，害得我几十年纠结不已。

　　"马甲"之后让我放不下的，是《小小十年》的作者姓名。也是因为没有封皮，当时就没注意，所以谈不上忘记。到底谁写的呢？包括中国现代文学史在内，读过的书中从未有哪一本提及《小小十年》。最终得知作者姓名也纯属偶然。四十几年后的二〇〇九年翻阅第十二期《读书》，惊奇地发现一篇文章题为《〈小小十年〉后的叶永蓁》（方韶毅），我急不可耐地一口气读完。

　　作者叶永蓁，原名叶蓁，一九〇八年出生于浙江乐清高岙。曾从军北伐，后弃武从文，谋生上海，将个人恋爱经历写成《小小十年》。经鲁迅点拨介绍，一九二九年由春潮书局出版，一九三三年生活书店重印。一九三八年叶永蓁重归兵营，参加南京保卫战、武汉会战。"亲见日寇两腿在半空上飞，心中大快，稍雪南京败亡之耻。"后去台湾，曾任金门防卫司令部少将副参谋长、国民党陆军第五十四军副军长，一九六四年退役。《小小十年》一九四九年后应未重印，不知当时我看的是哪个版本。叶氏一九七六年十月七日病逝于台北，而我看《小小十年》大约是一九六六年前后——远在台北的退役少将叶永蓁绝对不可能想到自己二十岁时写的《小小十年》给了大陆东北小山村一个十几岁小小少年那么多挑逗、想象和困惑……

（2012年12月3日）

— 10 —

当农人不再热爱土地

也许年龄的关系，我越来越觉得，较之川端康成、村上春树，较之日本文学、外国文学以至所有文学，甚至较之讲台、课堂和大学校园，我衷心热爱的好像更是土、土地、泥土。还有比泥土、土地、土更神奇的吗？你看，千姿百态的树、五颜六色的花、大大小小的瓜、长长短短的豆——你我赖以活命的五谷就更不用说了——哪一样哪一种不是土里长出来的？只要有了土，加上水和空气，其他概不需要。不需要饶舌的广播，不需要讨巧的电视，不需要自作聪明的iPhone、iPad，不需要那些劳什子。

然而，几年连续回乡，我惊讶地发现为数不少的农人不再热爱土地了。一如教师不再热爱课堂，翻译家不再热爱外国文

学，烹调师不再热爱厨房，理发师不再热爱头发和发型，少妇不再热爱出国求学的丈夫……不不，问题比这严重得多、深刻得多，也危险得多。

说别的地方没有现实根据，还是说我热爱的故乡小镇吧。虽说是镇，其实和城镇定义了不相关，不过是人口集中些的村庄——农民并没有像乡长变镇长那样变成镇民，亦如没有像县长变市长那样变为市民。但若说毫无变化也不对。变化之一，即是这里一些农民不再热爱土地。那么热爱什么呢？拆迁！一门心思盼望拆迁，望眼欲穿，"拆"心似箭。每次回乡都听得拆迁传闻。一有风吹草动，人们便喜上眉梢，奔走相告。无他，盖因拆迁可以得到补偿。为了多得补偿，有人拔了庄稼栽葡萄苗，栽得密密麻麻；有人在房前屋后菜地上加盖窝棚，盖得密密麻麻。

几次传闻以传闻告终之后，人们开始变得气急败坏，越发粗暴地对待土地，似乎拿地出气。大田地倒也罢了，即使住房周围也开始使用除草剂。什么"百草枯"什么"见绿杀"，光听名字都让人不寒而栗。路边、田边甚至篱笆外的草都蔫了，黄了，枯了，看着让人心头泛起难以言喻的痛楚。太残酷了！那样的地方长点儿草有什么不好？何必用"百草枯"？夏天没有绿色还叫夏天吗？何必用"见绿杀"？古人用"野火烧不尽，春风吹又生"形容草的生命力的顽强，可是，再顽强的草也抵不住这类农药。有的喷洒下去，三年寸草不生——三度春风吹不生！一次，大弟夫妇把大门通往房门的甬路两侧也喷了"见绿杀"，致使已经长出三四片嫩叶的牵牛花凤仙花石竹花连同杂草全军覆没，犹如激战后的沙场。出镇散步，枯草旁边有时候就是一堆堆牛粪、羊粪和猪粪——宁可施化肥，也不肯花些力气把粪施到地里，任凭土地眼巴巴地看着粪堆风吹雨淋。作为农人怎么可以这样对待土地呢？为了得拆迁或土地征用补偿，情愿失去一代代农人与之相依为命的土地，失去哺育他们的田园。说极端些，简直成了土地、田园的出卖者、叛徒！

写到这里，我不能不想起一九九三年去世的祖父。祖父生前一直住在小山沟的茅草房里。房子西边的山坡就是他的宅基地和责任田。坡地，土质不好，有许多粗沙和石子，是小山村最瘠薄的地块。可是祖父是多么热爱那块地啊！我时常看见他一边锄地一边把石子捡起扔去篱笆根。久而久之，篱笆根下整齐堆了一排石子。冬天外出每每提个苕条篓拾路上的冻粪。夏天呢，开句并非玩笑的玩笑，他甚至舍不得在外头撒尿，憋回来撒在自家坡地的果树下。我猜想，没准他疼爱那块地超过

疼爱我们几个孙子。有一年在县城工作的叔父把他接到城里养老，他住了不出半年就回来了。"城里的水泥地哪是泥啊，混凝土哪是土啊，干巴巴硬邦邦的，只生灰不生菜，只长垃圾不长庄稼，我可受不了！"祖父指着脚下对我说，"你看，这才叫土，这才叫地，早上看看菜叶树叶长多大了，晚上锄锄草洒洒水，比什么都好！"直到八十岁了，祖父还守着那块地整天忙这忙那。我知道，那块地是他生命的凭依，是他快乐的根据，是他精神的寄托，是他的爱。

也许你要说，现在的农民和你祖父那代农民不同，哪有那么多闲工夫？NO！闲工夫太多了——百分之八十的时间用来打麻将了。对于他们，麻将桌就是祖父那块地！

正如书房是读书人心灵的物化，土地、田园是农人心灵的外现。田园的贫瘠意味心灵的贫瘠。土地的荒凉意味心灵的荒凉。

呜呼，"见绿杀"，"百草枯"，被抛弃的粪堆！

（2014年7月15日）

— 11 —

舌尖上的大雁与槐花

　　偶尔翻看小学三年级下学期用的江苏版语文课本。一篇题为《争论的故事》的课文引起了我的注意。故事说以打猎为生的兄弟俩为怎么吃大雁发生了争论。哥哥说煮着吃好吃，弟弟说烤着吃好吃。"兄弟俩争论不休，谁也说服不了谁。这时有个老人经过这里，兄弟俩就找他评理。老人觉得他俩说的都有一定的道理，就建议说："你们把大雁剖开，煮一半，烤一半，不就两全其美了吗？'"而当兄弟俩抬头看时，大雁早已飞得无影无踪。故事的主题是：不管做什么，关键是要先做起来，而不是争论不休。

　　出于慎重，我又看了一遍。课文主题没有什么不妥——尽管我的职业主要就是争论并且经常围绕什么争论不休——相比之下，引起我注意的明显是那位老人的话："你们把大雁剖开，煮一半，烤一半……"眼前随即出现大雁惨遭屠戮的血淋淋的场面。剖、煮、烤，这是何等残忍的动作啊！须知不是剖树皮不是煮豌豆不是烤地瓜，而是对待一只大雁，一只可能领着小雁飞去南方过冬的大雁，一只作为国家保护动物的野生大雁！作为智者化身的老人怎么可以对年轻人这样说话呢？或者莫如说，这样的表达怎么可以出现在小学三年级语文课本中呢？

不由得，我想起自己念过的小学语文课本："秋天到了，天气凉了，一群大雁往南飞去，一会儿飞成个人字，一会儿飞成个一字……"也是因为当时乡下常有这样的雁群飞过，两相对照，使我对大雁自觉排成的队列、对它们飞往的南方产生了朦胧的敬意和向往。尤其它们在一碧如洗的秋日晴空中高高飞翔的优美身姿，不由得让我产生一股冲动，恨不得自己也变成一只大雁，悄悄跟在它们后面飞去，飞出那个三面环山的穷山村，飞去山那边、天那边……

我这么一边想着回忆着一边继续翻动手中的课本。也巧，翻到了另一课《古诗两首》。一首是杜甫的绝句："两个黄鹂鸣翠柳，一行白鹭上青天。"看插图，白鹭也飞成个"一"字。白鹭和大雁应属同一家族，无论体形和颜色都很相近。但

185

同这本语文书上关于大雁的表述相比，古人对白鹭的描写多么富有诗情画意啊！按理，古人获取食物的渠道比现在困难得多，而古人目睹白鹭的反应是做了一首千古绝唱，今人编的故事却要"把大雁剖开，煮一半，烤一半……"——作为杜甫的嫡系文化后代，怎么会差这么远？

也就是说，这篇课文至少有两点值得思考和警觉。一是美的教育的缺失。这点即使同半个世纪前我学过的那篇课文相比也高下立判。前者对大雁投以欣赏的目光，给人以纯粹的美感；后者则将大雁视为猎物，投以凶狠的视线，让人感受的是赤裸裸的贪欲和血淋淋的残酷。二是爱的教育的缺失。在某种意义上，或许可以说懂得美、懂得审美，才懂得爱。审美让人对万物产生爱，产生悲悯情怀。故而古人有对失群或失偶的"孤鸿""哀鸿"的同情，有对"雁过拔毛"之人的痛恨，有对鸿雁传书的感激和对惊鸿照影的心动。而在这篇课文中，全然看不到这些正面的美好的感情，看不到人与自然、人与动物和谐共生的理念，看不到爱。或许你说人家不过是要以此表达"关键是要先做起来"这个道理，何必大动肝火！可问题是，这个主题难道非这样表达不可吗？记得已故毛泽东主席在说明实践出真知这个类似道理时是这样说的：要想知道梨子的滋

186

味，就要亲口尝一尝。说得多好，干净、健康、浅显、"接地气"！至少，渴的时候都不觉渴了。

更令人担忧的是，在这本语文书中这并非孤例。如另一课《槐乡五月》，较之对槐花之美的赞赏和描绘，着墨更多的是对槐花的采摘和食用。只是，这回采取的食用手段不是"剖、煮、烤"，而变成了"拌、蒸、晒"。关键词是槐花饭："槐花饭是用大米拌槐花蒸的……槐乡的孩子还会送他一大包蒸过晒干的槐花"。这还不算，小男孩"衣裤的口袋里装的是槐花，手上拿的还是槐花……不时就朝嘴里塞上一把，甜丝丝、香喷喷的，可真有口福呢！"总之，注重的仍是怎么吃这种舌尖上的感受——舌尖上的大雁、舌尖上的槐花……

也是因为住处附近山坡就有许多槐树，加之正是五月，看完这篇课文，我就上山了。四下看去，较之树上盛开的，更多的槐花是树下横七竖八折断的树枝甚至整个拉断的树冠上零零星星早已蔫巴的槐花，有的被人踩得一塌糊涂，看着令人心疼。不用说，这是摘剩下的没有变成舌尖槐米饭的槐花……

（2014年5月27日）

— 12 —

三江源，"我爱她们"

作为"中国江河流域自然与人文遗产影像档案"的第一部，青岛出版集团前不久推出了十卷本《三江源》大型系列图书，日前在人民大会堂为此举行发布会。我有幸赴京躬逢其盛，聆听了七十三岁高龄的图集摄影家郑云峰先生致辞时以哽咽的语声说出的四个字"我爱她们"——爱三江源地区神圣的自然景观与历史遗存！全场人听了，无不为之动容。我也一时不能自已。

也是由于这个原因，会后晚宴当主办者临时要求我"代表青岛"讲几句时，我缓缓走到记者们集中的宴会桌前，说了下面这样一番话：

趁此机会，我想冒昧地向各位媒体朋友提个建议。那就是，从今往后，能不能少做一些推销冬虫夏草的广告。近年来三江源的广为人知，不是因为别的，而主要是因为铺天盖地的冬虫夏草商业广告。广告刻意强调冬虫夏草来自三江源国家自然保护区。无须说，任何人工活动，尤其挖掘式采集活动都有伤害性、破坏性。而今天这套三江源图书告诉我们，三江源生态系统十分脆弱，并且已然受到了种种样样的伤害，甚至触目惊心的伤害。可以认为，三江源不仅是中华民族自然生命体的源头，而且是中华民族精神生命体、文化生命体的源头。因此，我们应该视之为圣地，应该心存敬畏与谦卑，应该让她好好休养生息。而不应该把她和商业利润、和舌尖联系起来，使之沦为舌尖上的三江源。一句话，三江源怎么珍惜怎么保护都不过分。

我以为，郑云峰先生和青岛出版集团这套三江源大型图书最了不起的价值、意义就在这里，就在于唤起我们的这种良知、这种悲悯情怀和环保意识，而这显然需要媒体朋友的支持。拜托了！

讲毕，记者鼓掌，大家鼓掌。返回座位，郑云峰先生连连点头，出版社人孟鸣飞先生竖起大拇指。这当然不是为我，

而是为三江源，为把三江源从"冬虫夏草"这个诅咒中解救出来。四川大学一位研究藏学的教授补充说，虫草只能生长在三千八百米以上的高原，并且要有足够厚的植被和充沛的雨水，缺一不可，生长条件相当特殊，因而十分有限，须倍加珍惜。然而至少青海有三个县把滥挖虫草卖虫草当作发财手段。每年五月前后，那里车来人往，热闹非凡，哪里谈得上保护，连节制挖掘都无从谈起！如今冬虫夏草已经发展成了巨大的利益产业链。"媒体再不能助纣为虐了！"这位早已不年轻的教授激动起来，"其实虫草并没有那么神乎其神。如果真那么神乎其神，那么采虫草的藏民为什么自己不吃？在藏药里面，虫草只是一味入药的草药罢了！"

言外之意，冬虫夏草是商家联合媒体制造出来的"奇迹"。是啊，藏民本身为什么不吃？一如太上老君不吃自家九转炼丹炉炼出的灵丹而专门用来忽悠王母娘娘和玉皇大帝？说极端些，时下虫草简直成了少数城里人，尤其上等城里人的救命稻草。忽而煮着吃，忽而泡着吃，忽而含着吃。若吃人工培植的倒也罢了，那东西随你怎么吃。哪怕如孙猴子偷吃太上老君灵丹那样一仰脖把葫芦里所有灵丹都倒进喉咙也悉听尊便。问题是，广告鼓吹非吃三江源的不可。也巧，回程途中翻看飞

机前排座位椅背上的机舱杂志，整页虫草广告赫然入目。竖排通页标题："全国虫草看青海　青海虫草三江源"。左下端是几行小字："三江源——是长江、黄河、澜沧江的发源地/在这片美丽而富饶的土地上，孕育着神奇稀有的世界珍宝——冬虫夏草/冬虫夏草的价值，以天然本质为贵。三江源独特的生态系统，孕育出的虫草品质纯粹，营养丰富/建议食用冬虫夏草时，选用野生虫草……"不厌其烦，喋喋不休。总之一句话，虫草非吃"三江源"不可——"舌尖上的三江源"已不是虚拟语气，而是正在日夜硬化加固的冷酷事实。

　　无独有偶。还没等我回过神来，下飞机走进空港大楼又碰见了三江源，碰见了冬虫夏草。这回更大，一面墙。虫草被装在瓶里，成了片剂——"虫草可以含着吃！"

　　吃、吃、吃，就知道吃，都吃到三江源去了还吃……我一边气恼地在心里嘀咕着一边前行。这时，耳畔再次响起了郑云峰先生哽咽的语声："我爱她们！"眼前仿佛出现老人晶莹的泪花……

（2014年7月19日）

─ 13 ─

美的前提是干净……

　　除了宇宙秩序，大凡存在、事象、概念都有个前提。美也不例外。美的前提是什么？不是富贵、高贵，更不是昂贵，而是干净。这个道理太容易明白了。你想，一朵花再漂亮，而若上面溅了呕吐物，人们也要绕着走。又如女孩，哪怕长相再漂亮，而若下巴上沾了汤汁或一笑闪出牙缝塞的菜叶，美感也难免大打折扣。再举个例子，一件脏了的时髦的连衣裙和一件洗得干干净净的旧旗袍之间，你觉得哪件漂亮，哪件有美感？肯定是后者嘛！

　　台北就是后者。

　　前不久去了台北。不是去旅游，是去开会，去一所大学开会。所有费用皆由对方掏腰包，作为我不可能死活赖着不走。

192

只多住了一天，用一天转了台北。说实话，即使同我居住的青岛相比，台北也算不得多么气派、多么堂皇。建筑物多是旧的，路面也不宽，但是干净。干净得连垃圾筒都没有，找垃圾比在大街上找大牌影星林青霞或印有蒋公头像的千元大钞还不具有现实性。垃圾彻底"蒸发"，一如烈日下的阵雨遗痕。

我去的大学校园也干净。也许你说大学校园还能不干净？其实那所位于新北市（台北市郊）的大学校园并非常规性校园。没有围墙，正大门也有框无门，其他门连框也没有，任凭市民自由出入。我早晚散步时就不时见到显然是街坊退休人员的散步者。但校园比咱们这边带围墙带大门带警卫的校园还要干净。没有烟头没有纸屑，更没有花花绿绿的空塑料袋空塑料瓶。落叶倒是偶有一两片像光标似的点在路面，但落叶能算垃圾吗？

那么垃圾哪里去了呢？问之，台湾同事说这里"垃圾不落地"。随即指着一辆垃圾车给我看。果然，七八个市民手提垃圾袋立等垃圾车开来扔上车去，确乎不落地。也巧，路过一间仿古建筑平房教室，教室窗前有用支架支起的一排五个不落地透明塑料袋，袋上标牌分别标以一般垃圾、纸品类、塑料类等字样。垃圾袋前面是数丛正开的玫瑰花，后面是几根仿古建筑的红色立柱，倒也不失为一景。

可问题是，仅靠"垃圾不落地"这五个字——规定也好，口号也罢——就能让垃圾真不落地，就能干净吗？类似口号我们这边也并非没有，什么"××是我家，卫生靠大家"等等触目皆是，然而垃圾硬是屡禁不止。随手扔雪糕棍者有之，从车窗甩香蕉皮者有之，"咳"一声吐痰者有之……

于是我想，美的前提是干净，而干净也应有个前提，这个前提大约就是教养。也就是说，此地市民一般都有良好的教养。比如友善。至少我所接触的人都相当友善。大学人士就不说了，只举普通市民为例。因为听说台湾小吃有名，早上爬起就想一吃为快，却不知哪里吃得。犹豫之间，迎面走来一位五十光景且足够富态的妇女，一看就知她熟悉小吃，遂问附近街上哪里有小吃。她拍一下我的肩膀笑道："哎呀呀，哪里用得着上街噢，下这个坡，一出北门多的是……"写到这里，好像她又拍了我一下——关键在这一拍，没有戒心，没有隔阂，绝对是友善的表示。借用官方说法，正可谓两岸亲如一家。

吃罢小吃，转去一家露天咖啡馆要了杯咖啡，大榕树，杜鹃花，长条板凳，鸟鸣啁啾，多美的宝岛清晨啊！不巧咖啡杯上面的塑料盖怎么也打不开，就问从里面走出的男孩是不是

要用吸管。男孩说不用吸管，开盖直接喝。片刻，大概放心不下，又从里面出来，走到桌前帮我打开，轻轻放在我眼前正合适的位置，笑笑。笑和笑不同，那绝对是友善的笑。

喝罢进城，台版村上译者赖明珠女士带我看了台北主要景点，傍晚把我送上回程捷运（地铁）。到终点时我问邻座女士去"淡水大学"怎么走，她耐心指点一番。但我还是不大清楚，下车后正在站台东张西望，一位颇有绅士风度的头发花白的老先生问我："你是要去淡江大学吧？从这儿上去，到右侧站台……"原来我把淡江大学说成淡水大学，碰巧被那位女士旁边的这位老先生听见了。你看，多好的台湾老人啊！

更可贵的是，友善的对象并不限于人。他们那么爱护环境，珍惜环境之美，无疑也是出于一种友善，即对自然友善，对由一草一木构成的自然环境友善。不用说，友善即是爱，爱即是仁——子曰"里仁为美"（以仁为邻才是美的），良有以也。

不过我的前提追问并未就此结束。美的前提是干净，干净的前提是教养，那么教养的前提又是什么呢？

（2013年5月11日）

— 14 —

贵宾厅里的"遭遇"

有媒体称，国资委要求民航、金融、电信等行业在十一前关闭设在机场、火车站等重要交通枢纽的贵宾厅。

一般说来，机场贵宾厅里的贵宾多是头等舱乘客。那么，什么人可以享用头等舱和进入贵宾厅呢？根据《中央和国家机关差旅管理办法》《关于重要旅客乘坐民航班机运输服务工作的规定》，仅限于省部级正副职且须是因公出行。

我不是公务员，无所谓行政级别。作为大学教员亦不兼行政职务。一句话，平头百姓。不过非我虚构或出于文学想象，现实生活中我还真利用过一次机场贵宾厅和贵宾通道。

差不多一年前的事了，我应邀赴岭南一所大学讲学。那所大学的校长是副部级还是正厅级我没确认，反正他贵为"贵宾"。也许因为他听说我的演讲颇受好评或礼贤下士，百忙之中特意从市里逃会出来为我正式颁发客座教授证书，完了还吩咐办公室人员务必用他的贵宾卡把我送去机场。到了机场，我俨然校长大人，由一位略带岭南口音的礼宾女孩毕恭毕敬又训练有素地让入贵宾厅。玉米发糕般厚墩墩的地毯，榕树根般的枝形吊灯，墙上仿制的《蒙娜丽莎》，足可坐一家人的宽大单座沙发，不坏，的确不坏，是比大厅硬邦邦的网眼不锈钢靠背椅舒服多多。何况，没有小儿在身旁不屈不挠的哭叫，没有美女在眼前搔首弄姿的干扰，没有避让往来拖轮行李箱的礼貌要求。这么着，正当我架着二郎腿准备分析蒙娜丽莎嘴角笑意的学术意味时，一身旗袍的礼宾女孩端着茶盘茶杯送茶来了。我以为她放在茶几上即转身离去，不料她居然俯身屈膝，单腿跪下。我条件反射地即刻立起："姑娘，别，别别，使不得、使不得的……"我一时狼狈不堪，语无伦次。

结果，蒙娜丽莎的微笑顾不得了，上好的琥珀色茶汤也没品出什么滋味。如此惊魂未定之间，礼仪女孩又一次带着蒙娜丽莎的微笑款款走来，把我直接领上飞机。幸亏登机手续、安检手续全免，否则非丢了身份证或忘了手机不可。可问题是，作为乘客，这果真是正确而自然的状态吗？我面对空无一人的机舱暗自思索，直到众人吵吵嚷嚷拥进来才如释重负地舒了口气——罢了罢了，还是这样当普通乘客好，还是混迹于普通男女中间心怀释然。贵宾当不得的。当贵宾有啥子好哟，在贵宾室里一个人，进机舱时一个人，旗倒兵散，众叛亲离，形影相吊，孤家寡人！虽说我性喜孤独，但那终究是独自面对落日余晖的孤独、独自仰观夜空流星的孤独、独自倾听旷野蛙鸣的孤独……因而那是不具排他性的孤独，是有文学情思或一缕乡愁相伴的孤独。

我蓦然心想，那些时常享受贵宾待遇即货真价实的贵宾们会作何感受呢？我想他们大概处之泰然，甚或认为天经地义亦未可知。至少不会像我这样受宠若惊大失常态。是因为自己是初次吗？这肯定是个原因，但不仅仅如此。对了，记得若干年前去外省开会。会后晚宴，宴罢一行人出门时，主人提议去洗脚馆来个药物足浴放松一下。说实话，我觉得怪别扭的，不想去，但碍于场合，只好尾随。进门仰面躺倒，不久一位姑娘用木盆端着大半盆热水"呼哧呼哧"走来，半蹲半跪地将自己的脚泡在一股中草药味的水里甚至抱在怀里揉搓……忽然间，我想起在小镇沿街卖发糕的妹妹，想起当年在乡下务农时邻院的村姑，想起一个早婚早逝的不幸的堂妹。越想心里越不是滋味，眼角隐约发热。随即翻身坐起，昏昏沉沉走到门厅静等同伴们出来。都说足浴后好睡觉，可我那天晚上反而没睡好。那是我第一次进洗脚馆，肯定也

是最后一次。洗脚馆作为服务业自有其存在的理由，我无意否定。我只是出于纯粹个人性理由不想去，去了受不了。

我不是要标榜自己多么高尚，多么具有悲悯情怀和平民意识。我只是受不了。我不想伺候人，也不想被人伺候，如此而已。而另一方面，上课和演讲当中我又一再告诉学生、告诉年轻人要有精英意识—— 一个没有精英没有精神贵族的民族，哪怕再有票子房子车子，也是永远站不起来的民族。同时我也强调，精英绝不属于北大钱理群教授所批评的"精致的利己主义者"，绝不意味可以占有更多的社会资源为个人捞取好处，而意味承担更多的社会责任，为弱势群体合理争取更多的游动空间。

说起精英、贵族，上个星期上海一位著名学者也跟我提起这两个词。他不胜感慨地讲了他亲眼见到的一位所谓明星级知识精英的表现：外出活动时如何不肯和大家坐一辆车，整个行程如何不说一句话，如何对随行人员颐指气使……"毕竟是老师，身为老师怎么可以那样呢？"我禁不住问那人可姓爱新觉罗？老先生回答："不姓罗，更不姓爱新觉罗。"北师大启功先生其实是姓爱新觉罗的，可你看人家，那么大成就，却那么平和，一点儿架子都没有。那才叫贵族，才叫精英，才叫精神贵族！

（2014年10月5日）

— 15 —
我的"开门弟子"

平时倒也罢了，而逢年过节，强烈感到自己在青岛真可谓举目无亲！父母不在后的东北，回去也难觅归宿；至于祖籍蓬莱，就算有族人也无从查找了。这么着，春节几天只落得自家人如三只鸵鸟在公寓套间蜷缩不动，眼巴巴看着别人大包小包走亲戚。好在我是当老师的，有学生。这不，曾经的学生Z君携夫人从大不列颠一颠一颠看我来了。漂洋过海，睽违经年，师生一场，自然把酒叙旧，一醉方休。

多少年没见了呢？Z君是我二十世纪八十年代初在广州暨南大学教的第一届学生，"开门弟子"。也是因为学校性质的关系，班上学生清一色与港侨两字有关，不是海外华人华侨和港澳同胞，就是归国华侨子女。Z君东北出生，北京长大，后随

家人过了香江，故属香港同胞。也巧，全班男生女生日常交谈皆操广东方言，唯他一人满口正宗北京腔普通话。而作为老师的我亦不谙粤语，加之年龄相差不大，故两人课下交谈较多。感觉上，较之师生，更像兄弟，颇有"铁哥们儿"的意思。毕业后他远征英国，早年他趁回国探亲之机看过我两三次。后来我北上青岛，他忙于生计，迄未见面。

前后到底多少年没见了呢？我们在酒桌上一边计算年月，一边互相打量对方。倏忽之间，Z君竟也年届半百了，当年血气方刚打打杀杀的调皮鬼，如今已经头发减半且黑白参半了。虽说举手投足不无英国绅士意味，但形姿情态还是沁出被磨损的疲软感。我心中暗想，纵然在曾以日不落自诩的老牌帝国英伦三岛，岁月也还是要带走它想带走的东西。说白了，世界上哪里都不是那么好玩儿的，哪里都不可能让人只年轻不年老，只风光不风化。所幸，时间既有带走的，又有留下的。之于Z君，那大约就是多少学得了英国式幽默："老师，你倒好像没怎么风化，只比在广州时胖了，而且胖得恰到好处。"幽默这玩意儿我也略通一二："还是中华大地水土好嘛！怎么，你不回国打拼风光一回？"随即他开始感叹祖国——准确说来是故国，此君已入英籍——变化真大啊，甭说别的，北京房价比伦敦还高。我点头道："若单说变化，估计哪国也没有中国大，还记得当年你帮我背彩电的事吗？"

于是我们谈起彩电故事。大概是一九八五年吧，我翻译的二十八集日本电视连续剧《命运》继《血疑》之后陆续在全国播出。因赶时间，几乎译完一集配音一集播出一集。作为刚出道的译者，我当然想看想听自己捣鼓出的汉语如何从山口百惠、大岛茂等日本人嘴里流出，更想感受"林少华"三个字单独出现在荧屏带给我的骄傲和激动。恼人的是家里没电视，彩电没有，黑白的也没有。月工资七十一元五角，我上讲台穿的裤子甚至是地摊货，哪里买得起彩电呢！只好去一位年纪大的同事家看。此事不知怎么给Z君知道了。一天夜深人静时分忽听有人敲门："林老师，是我，是我和……"开门一看，Z君和同班的T君两人气喘吁吁合抱一个大纸箱闯进门来：彩电！日本原装彩电！按海关规定，那时港澳生每年可以免税搬一件大型家用电器进入大陆，但毕竟是往老师家搬，不便大张旗鼓，遂像走私似的偷偷摸摸搬来了。我和家人高兴得险些手舞足蹈。自那以后，家里才有了电视，我才得以坐在自己家里受用自己翻译的电视连续剧。记得每集稿酬五十元，二十八集，一千四百元——拿到稿酬才把电视机款还给Z君。因是免税的，

比市价便宜得多。

其实那也不过是二十七八年前的事。而借着酒意在酒桌上谈起来，感觉上恍若隔世。也成就了一段特殊的师生情。无须说，那样的师生情永远不会有了，幸也罢，不幸也罢。

后来我问起Z君的弟弟——Z君当年领着在东京上大学的弟弟来过我家——他说他弟弟早已毕业，直接留在日本"就职"了。讨了个音乐大学钢琴专业的日本女生当老婆。又随老婆改姓，入了日本籍，有了车子，有了孩子，有了房子。风平浪静，标准的日本中产阶级家庭。但是，从去年九月以来不再风平浪静了，钓鱼岛"购岛"闹剧使得这个成员结构特殊的家庭发生了特殊的矛盾：丈夫说钓鱼岛是中国的，妻子说钓鱼岛是日本的。丈夫义正词严，妻子寸步不让。我半开玩笑地问Z君："贵弟媳可是石原、野田或安倍首相的远房亲戚？"Z君摇头苦笑。于是我建议那么在家里姑且"搁置争议"如何？Z君说他弟弟是个铁杆"保钓"分子。"喏，前不久的日本正月，本该陪老婆孩子回娘家，他却一个人跑去香港又跑北京来了！"

兄弟俩，哥哥入了英国籍，弟弟入了日本籍，法律上都不是中国人了——可他们又仍是中国人，尤其钓鱼岛风波中的弟弟。

（2013年2月20日）

— 16 —

血压与《逍遥游》

不知你感觉如何，我反正感觉人生中必有一种东西总是和自己过不去。大而言之，如考生屡试不中，如富商屡婚无爱，如官员屡攻不下。小而言之，如日常性失眠、牙痛、耳鸣、腹泻或早早谢顶、迟迟不瘦之类。之于我，乃是血压，血压蹿高。

早在"文革"务农时它就已跟我过不去了。彼时务农不比现在，不像现在这样撒撒"尿素"喷喷"见绿杀"就打麻将玩扑克去了，那是真忙、真累、真苦。早晚两头不见日，春节大战"开门红"。因此逃离农村成了所有男女青年的美好"愿景"。若是姑娘之身，嫁给城里淘粪工也义无反顾。而男青年则只有正规三条路：招工、当兵、升学。"文革"前半期所有大中院校统统关门，故只有前两条路可走。记得务农第二年底

我就遇上了招工机会——长春一家大型棉纺厂来我所在的公社招工，男的也要。我兴冲冲报名了。当男纺织工也比当农民好。政审过后，开始体检。但见水银柱在自己眼前上蹿下跳了几下，医生即开口宣布我血压高。那时我还不太清楚血压是怎么一个劳什子，我怎么就血压高了呢？高在哪儿呢？能吃能喝能睡能跑能蹦，虽说打篮球上不了场，但铲地割地谁都休想把我甩下。平时除了好闹肚子没别的毛病。脑袋瓜也清晰得如南山根那条蝌蚪历历可数的小河，而且足够好使，毛主席诗词和"老三篇"倒背如流，一本《毛主席语录》也大体张口就来，怎么偏偏"血压高"了呢？端的匪夷所思。

这么着，血压使我在"工人阶级领导一切"的年代失去了成为工人阶级一员的机会，只好继续在地垄沟找豆包。转年当兵体检，同样因为血压高被活活刷了下来。那次打击比招工还大。要知道，那可是"全国人民学解放军"的特殊时期。草绿色的军装，鲜红的领章帽徽，平阔发光的皮带，再挎上带皮套的手枪，威武挺拔，目视前方，军人绝对是全国人民心目中的英雄，更是大陆所有漂亮姑娘夜半梦乡中的——用现在的话说——"白马王子"。甚至刚报名当兵我就已感受到了自己身穿军装回乡探亲时满村少女投来的别有意味的火辣辣的目光。

毕竟，淘粪工和解放军不可同日而语。然而，血压计上的那道
水银柱硬是跟我过不去——"血压高！"否则，迎娶邻院姑娘
事小，如今成为某大军区少将参谋长都极有可能。嗬，将军！
比当这个整天愁眉苦脸抓耳挠腮的教授教书匠不知爽多少倍！

岂料，我大概天生是当教书匠的命。回乡第四年的一九七二
年，平地一声春雷，乡亲们推荐我上大学，大学！最后一道坎仍
是体检。我战战兢兢坐在医生面前，大气不敢出地注视血压计上
忽上忽下的水银柱。"血压有些高啊！"医生轻轻叹息一声，现
出几分不知是无奈还是惋惜的表情。那是一位四十几岁的红脸膛
女医生。她沉吟片刻，转过脸来对眼巴巴盯视她的我说道："孩
子，机会不容易，阿姨成全你一回，去吧，上大学去吧！上大学
念书不是上天开飞机，从医学角度说，血压高一点也不碍事。不
过有一点，你可得好好学好好干！"

于是我"死里逃生"，在那年五一苦丁香满城飘香的日子
迈进省城最有名的大学的校门。也就是说，是血压让我日后当
了教书匠、教授和所谓翻译家，而没有当上棉纺厂退休劳模或
少将参谋长也是因为血压。至于是成全了我还是耽误了我，这
事谁也说不清楚。

几十年一晃儿过去。血压似乎忘了我，我也几乎忘记了血

压这个老伙计。血压找上门来是近几年学校例行教工体检时的事。比如前不久体检，血压140/100，明显偏高。几天后复查，医生碰巧是我熟识的老中医Z医生。他和我闲聊了5分钟。而后一量：120/85，正常！他解释说，量血压前一般要端坐5分钟，而体检时人多，不可能这样，所以结果不同。"不过不管怎么说，你血压不稳是事实。"他还说80%的病都是"心源性"的，即同人的心情、情绪有关，所谓治病，其实是治人，治人的情绪。为什么别人不得而偏偏你得这种病呢？这就是"易患性"，"易患性"即是土壤。医生的职责，主要不是开药打针，而是帮助病人铲除这种土壤。"那么你的易患性或导致血压不稳的土壤在哪里呢？"Z医生的眼睛盯住我的眼睛，"我常在报纸专栏上看你的文章，感觉你入世太深——有社会担当有正义感当然好，但这容易使人情绪激动，情绪激动了就影响血压。"他最后语重心长提醒我：到了这个年龄，较之孔孟，应看看老庄。孔孟入世，更为别人的生命质量操心；老庄出世，更为自身的生命质量负责。不管怎么说，往下好好活着再重要不过！

　　回想起来，四年前我血压不稳时Z医生提议我学苏轼，谓东坡进则孔孟退则老庄，能朝能野，进退自如，"胜固欣喜，败亦可喜。"故而血压笃定不高。四年后的今天他索性让我直奔老庄，尤其直奔庄子的《逍遥游》。而此刻我面前正摆着《逍遥游》："至人无己，神人无功，圣人无名。"译成白话文：最高超的人没有他自己，最神奇的人没有事业，最圣明的人没有名气。

莫非不为自己、事业和名气所累，才能"逍遥"，才可使血压稳定不成？这，我做得到吗？

（2013年1月29日）

— 17 —

昏睡的"土豪金"

这年月，不用手机的人已经很少了。而不用手机却拥有一部"土豪金"iPhone的人就更少了——我敢打赌，笃定比雾霾夜空中的星星还少。

不用手机，倒也不意味我多么拒入俗流，而是出于实实在在的世俗性情。我是大学校园里的教书匠，且是没有任何官衔的教书匠，别人无求于我，我也基本无求于人，除了上课，就是在家啃书本爬格子。上课有规定不得开手机，下课回家窝在书房不动。书房有座机，就在桌旁茶几上，平均2.5个昼夜铃响1.2次。它寡言少语，我少语寡言。它看我，我看它，"相看两不厌"。在座机看来，没准我是座机它是教授。这么着，我还用手机干什么呢？再说，老大不小的年纪，动不动"嗖"一下

209

子掏出手机像往日烟民手遮火苗那样窃窃私语，被人怀疑晚节不保都并非没有可能。

话虽这么说，手机还是有的。平时虽然不用，但并非天天"平时"，例如总要外出忽悠吧？讲学也罢讲座也罢讲演也罢，大多要去外地讲。白山黑水，塞北岭南，不说别的，若无手机，接机的女生怎么跟我联系？何况咱们的飞机倏然消失固不可能，但多少延误实属正常。这样，几年前一位网络朋友送我一部手机的时候，我没有转送别人，自己留下来以备外出之需。对了，手机相当高级，带有咬了一口的苹果标记，乳白色烤瓷，对折式，用完合上，"咔"。我特喜欢听那声"咔"，简洁明快，给人一种生理上的快感。尺寸重量也恰到好处，不大不小，不轻不重，握在手里，感觉就像小时候响应学校号召捉的一只麻雀。要知道，世界上东西虽多，但正巧适合自己的其实极为有限。我暗暗为之庆幸。不料一次去广州忽悠时，接机的报社朋友斜眼一扫："你这苹果可不一般，苹果百分之百是直板的，你的却来个对折……"拿过细看，告诉我是山寨版。"喏，iPhooe，不是iPhone！挺大个教授，怎么可以支持山寨行业呢？"我吃了一惊，旋即笑道："我这个教授职称都可以山寨，手机为什么不可以呢？山寨教授山寨机，天作之合，正好正好！"

可是山寨到底是山寨。这不，用着用着就用出毛病了：忽一日短信只能发不能收，好比座机只能打出不能打进。这不公平，也不方便。一问，得知修起来很麻烦，也贵，不如买新的。

买新的倒好像不麻烦，专卖店里琳琅满目，花样多如麻雀。但我想买的不是花样，只要能"喂喂"通话和收发短信即可。岂料功能如此单纯的手机居然无从找见。即使偶尔找见也不成样子，不是太俗就是太傻。我这个教授诚然山寨，却山寨得非同一般，绝无或俗或傻之嫌。妻劝我买"三星"，"三星"删掉两星不就单纯了！我看了几部，又拿在手里试着掂了掂，结果都没有那种麻雀感觉，遂怏怏作罢。不急，外出忽悠要等到春暖花开之后。

春节去了广州。饮早茶时，当年我教过的女生、现任某旅行社老总的"土豪"级女士劝我买一部正版"苹果"。我心有余悸，山寨版出了问题，难保正版一定不出问题——我可是当老师的，深知学生出问题老师要负一定责任。但对方毅然拿出身家性命担保，担保正牌"苹果"绝对不会出现短信只能发不能收那样愚不可及的错误。见我仍不为所动，遂掏出她自己的iPhone，但见指尖动得飞快，iPhone随之变幻莫测，方寸之地，

应有尽有。"您都这把年纪了，也该改变一下生活享受一下生活嘛！老是啃书本，啃书本哪有啃苹果香甜啊！"我的学生模仿我当年教训她的口气教训我说。随即一把将我拉上崭新的沃尔沃。不出几分钟，沃尔沃便如乖觉的大马哈鱼游到电脑城前停住。

于是此刻我的书桌上有了这部苹果手机，土豪金色。土豪金也是她推荐的："土豪金多好啊！""土豪"女眉飞色舞喋喋不休。写到这里，我瞥了一眼桌面上的土豪金，那家伙正用独角龙式摄像孔瞪着我。瞪我干什么，若非写这篇小稿，你不还在抽屉里睡大觉！是的，从广州回来一个多月时间里，它一直躺在书桌抽屉里没动，别说上网耍，连开启电源的机会都没有。我照旧在桌面上涂涂抹抹，它就在桌面下沉沉昏睡——我这么在微博里一说，众多苹果粉丝纷纷表示同情，并慷慨而友好地提议和我异地交换，邮资不用我承担……

再次套用莎翁名句：换，还是不换，这是个问题（That is a question.）。

（2014年3月10日）

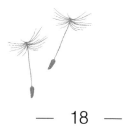

— 18 —
中年心境的终结

月历翻到最后一页了，再翻就是陈旧的墙纸了。日历也已撕得所剩无几，很快一曲终了——二〇一三年即将朝我转来背影。这意味着，我又要长一岁，老一岁，尽管我那么不愿意老。

不过，让我真切地意识到自己的老，还真不是日历，而是一个极为日常性的场景，极为日常性的瞬间。准确说来，因了那声寒暄。

天短多了，坐校车回来的六点钟天已差不多黑尽。说得文学些，太阳早已隐没，夜幕悄然拉合。宿舍楼梯的灯泡是感应式，要一跺脚或干咳一声才肯闪亮。住在五楼，需要跺五次脚或干咳五声。我懒得做这种傻里傻气的事，默默爬着楼梯。何必呢！不就是天天出入的蜗居吗？又不是迪士尼的巨大迷宫。

　　大约爬到三楼拐角平台的时候，右侧房门开了，楼梯灯应声亮了，灯光中忽然听得一声"爷爷好"。抬眼一看，眼前站着两个陌生的小男孩，一个五六岁，一个七八岁。不用说，声音是他俩同时发出来的。起始我未能反应过来，以为"爷爷"指的别人。前后左右环视一圈，确认此时此地只我一个男性成年人——"爷爷"指的是我，问我"爷爷好"。我吃了一惊。说实话，迄今为止从未被人叫过爷爷。多少年来听的是"叔叔好"，又多少年来听的是"伯伯好"，"爷爷好"是头一遭。

　　吃惊之余，倒吸一口凉气。爷爷？我成爷爷了？我怎么就成爷爷了呢？我有爷爷那么老不成？我忘了回一句"小朋友好"，径自爬到五楼自家门口，进门连手提包都没放就一头闯入卫生间。我直勾勾盯视镜中的自己，上上下下仔细查验。非我自作多情，无论怎么查验都不像是"爷爷"。头发染过没几天，闪着乌黑的幽光，既无华盖之虞，又无谢顶前兆，根数全然不少。面色也足够红润，说神采奕奕未免夸张，但远远算不得形容枯槁。皱纹？皱纹倒是爬上眼角若干，可记忆中"叔叔好"时代就已经有了，与年龄基本无关。老人斑？没有没有，哪里会有那玩意儿呢！体重也恰到好处，既不大腹便便，又不瘦骨嶙峋，脊背更无佝偻风险，如窗外那株银杏树一般迎风傲

立……如此转忧为喜之间，耳畔又一次响起"爷爷好"。

我离开镜子，颓然走进书房，歪在书橱夹角的小沙发上怅怅发呆。

有人说，女人由中年步入老年的拐点是：聊天时总聊自己的儿女，什么儿子在美国读博士后啦，什么女儿的男朋友"高富帅"啦，眉飞色舞，无尽无休。听的人只好低头玩手机，偶尔随口应一声："是吗？"那么男人的那个拐点呢？有个外国作家说，女人是一天天变老的，男人是一天就变老的。换个说法，对于女人，由中年过渡到老年是个漫长的阶段；而同样的过渡对于男人却是一天之内、一夜之间。而我，则似乎是一瞬之间——听得"爷爷好"那一瞬间。是的，我身上有什么在那一瞬间消失了，永远地消失了，OFF，"咔嚓"。那个什么究竟是什么呢？我想了想，较之中年，恐怕更是中年心境。两个小男孩当然无由知晓——永远也不会知晓——他俩在二〇一三年十二月下旬一个入夜时分，在校园一座普通宿舍的水泥楼梯拐角，用"爷爷好"三个字将一个男人推入了那个拐点，把他从"老年"这扇门的此侧推去了彼侧，无情地终结了他的中年心境。

其实，我的中年早已被生理年龄画上了句号。我出生于一九五二年，去年就已到了退休年龄。所以没退，是因为学校当局看我还不老，令我再冲杀五年，而我也斗志正旺，无暇顾及拐点。加之每天同二十岁上下的男孩女孩打交道，正可谓近朱者赤，近年轻者年轻。当然，到了我这个年纪，包括父母在内，身边亲人正一年少于一年。可是，较之老，更多让我意识到的，是哀伤与孤独，以及随后涌起的悲壮感——自己必须在人生的荒原上坚定地扑向前去。为了他们的爱，为了完成他们的心愿，为了责任和义务。总之，尽管生理年龄已然进入老年，但心境仍在中年流连忘返。

然而，一声"爷爷好"击碎了我的中年心境，而将老年不由分说地推给了我。我知道，这回我是真正地老了！

昆德拉说每个年纪都是不同的生命观察站。也巧，随手翻阅新到的《散文选刊》，发现已有人替我观察好了，观察好了老年景象："在某个路口独自徘徊，在寒风吹过的街道蹲坐，在高高的城市阳台上眺望黄昏的鸟群，在教堂的钟声里沉默不语，在光秃秃的枝干下休憩，在废旧的老屋里看别人家中飘出的烁烁灯火，在家门口看儿孙挥手告别的身影……"（云贵：《衰老是即将到站的火车》）——那就是我吗？那会是我吗？

（2013年12月20日）

— 19 —
"土豪"与"大丈夫"

据新华社2012年4月3日电,上海八中要联合华东师大建立男子中学,以应对日益严重的"伪娘现象"。自那以来一两年时间里,我一直比较留心这件事,希望对方拿出男子汉气魄断然付诸实施,切勿因为众说纷纭而不了了之。近日终于心里一块石头落了地。读《青岛早报》(2013年12月11日),得知上海八中去年就已获准开办两个"上海市男子高中基地实验班",目标锁定为培养既有"浩然正气"又"乐学善思"的男子汉。为此开设了特殊课程,如讲述适合男生学习效仿的中外男子汉名人形象的"偶象生成",以及从千米长跑开始的生存体验课——每天清晨七点,当其他同学还在上学路上说说笑笑的时候,男生班的"纯爷们儿"便满怀浩然之气,喊着洪亮的口号，雄赳赳气昂昂齐刷刷列队跑步了。北京也不甘落后，决意从小学抓起：北京市朝阳实验小学为了培养有阳刚之气、浩然之气的"纯爷们儿"，专门为男孩子增设了足球、篮球、攀岩等七门课程。还有的学校为小胖墩儿增加了减肥训练课，从形体上"加刚"。

不知是不是受此动向的启发和感染，越来越多的大人们沉不住气了。可是大人们毕竟太忙了，不可能按部就班地一步步来。于是情急生智，忽一下子弄出了个"土豪"阵列——忘了土豪乃"有财有势横行乡里的地主恶霸"的本义因而曾是革命对象那段相去不远的历史——以为土豪比纯爷们儿更纯爷们儿，比男子汉更男子汉。不错，就性别来说，土豪在当下语境中指的也多是男性。问题是男性并不等同于男子汉，更不等同于作为男子汉精英的"大丈夫"。不是吗？据新华社电讯，"土豪"特指"现实社会中富而不贵的群体"——他们极其富有且毫不掩饰，出手大方，挥金如土，但文化素质相对较低，品位不高，情趣低俗，以为钱能摆平一切。一句话，虽非为富不仁，但肯定富而不贵。退一步说，纵使富且贵又如何呢？孔子早就告诉我们："不义而富且贵，于我如浮云。"

平心而论，即使当下土豪也好像并不真受追捧。一次我对

我的待字闺中的几个女研究生开玩笑说："老师给你们介绍个土豪做朋友如何？"她们始而掩口而笑，继而正色回答："文豪OK，土豪No，No。"我说文豪可大部分银两不多哟！她们当即大声宣告："俺们是女汉子，银两自己挣！"

对了，"女汉子"也是今年十大流行语之一。按理，既有土豪，女汉子大可免了。然而女汉子紧跟土豪之后出现了，天南海北，蔚为大观。窃以为，这似乎从一个侧面说明，不光我的研究生，女性整体也对土豪并不欣赏。也就是说，土豪并非她们心目中的纯爷们儿、男子汉，更谈不上大丈夫。但她们又等不及上海八中男子实验班的男生们长大——北京朝阳实验小学的男生们终究还是小屁孩儿——于是只好自己提刀上马，奋然出阵，大喝一声："女汉子来了！"而另一方面，从中也不难体察女性、女孩子们的悲凉感、孤独感，以及她们的辛酸和无奈。

看来，即使为了她们，男性只满足当土豪也是不成的，而应该争做她们心目中的"大丈夫"。大丈夫才是她们理想的丈夫。而更重要的，大丈夫才是我们民族的脊梁。记得鲁迅说过："中国自古以来就有埋头苦干的人，有拼命硬干的人，有为民请命的人，有舍身求法的人……虽是等于为帝王将相作家谱的所谓'正史'，也往往掩不住他们的光耀，这就是中国的脊梁。"这也就是大丈夫！而《孟子》早就给大丈夫下了定义："富贵不能淫，贫贱不能移，威武不能屈。"如果说，土豪身上散发的是财气、土气、霸气、匪气、江湖气，那么大丈夫身上散发的则是高士气、英雄气、风云气、阳刚之气、浩然之气。在这个意义上，大丈夫或可谓精神性别。有此气，女子也可以是大丈夫；无此气，男人也是小女人、小娘们儿。

　　大画家范曾先生可谓深通美学，但有一个美学现象仍让他感到费解："从审美的角度看，一个女孩子像男孩子有审美价值，一个男孩子要像个女孩子就没有太大的审美价值。这是什么原因，以后请个美学家来回答"。（《范曾讲演录》）我看用不着特意请美学家回答，现实已经做出了回答：无论男女，总的说来大家对于"女汉子"是认可的。即使不怀有敬意，但至少不反感、不拒斥。而对"伪娘现象"、对娘们儿声娘们儿气的男人，则明显报以鄙夷和不屑，并因此产生危机感：男孩危机、男生危机、男人危机。在方向性上，当下"土豪"的大面积出现并未缓解这种危机——时代呼唤大丈夫！

　　　　　　　　　　　　　　　　　　（2013年12月21日）

— 20 —

"大丈夫"是精神性别

　　讲课也好讲演也好，我每每讲到孤独，讲守护孤独如何重要。的确，守护孤独在当今之世尤其重要和必要。也是因为我们的社会目前正处于艰难的转型期，说得极端些，中国全国性官场腐败的程度及其造成的影响，各种"潜规则"的普及性、完备性、技巧性恐怕是其他文明、其他像样些的国家所不敢想象，更不能达到的。对于钞票、豪宅、名车、酒色以至奢侈品的迷恋几乎达到了马克思所抨击的"拜物教"的地步。对于各种物质享受、各种低级趣味的娱乐活动的追求也只能让人想起美国人尼尔·波兹曼所写的"娱乐至死"。君不见，大小民营书店接连倒闭，社区图书馆门可罗雀，而五花八门形迹可疑的洗浴中心、洗脚房或足疗馆却张灯结彩，一片欢声笑语。在这种世风世况之下，守护一份孤独就变得分外难能可贵。至少这样可以使我们洁身自好，"质本洁来还洁去"。

但是，任何东西都有正负两个方面，孤独也不例外。如果过于孤独自守，未尝没有可能陷入病态的孤芳自赏、顾影自怜、自满自恋甚至自闭状态之中。在某种意义上，爱情可能发自谦卑，而孤独更与傲慢有关，或者说是一种精神优越感。而若过于欣赏这种优越感，孤独就有可能成为逃避现实困难、逃避社会责任的精神避难所。不用说，这是消极的颓唐的卑微的渺小的"隐士"的孤独。我们不能永远像村上作品主人公那样坐在若明若暗的酒吧里半喝不喝地斜举着威士忌酒杯，不能对各种不公正的社会现象熟视无睹安之若素逆来顺受，不能沦为鲁迅深恶痛绝的那种人："……从奴隶生活中寻出'美'来，赞叹，抚摩，陶醉，那可简直是万劫不复的奴才了"。

这意味着，无论作为社会整体还是作为公民个体，现在都应该有一分清醒：在物欲横流泥沙俱下的大潮中守护孤独诚然难能可贵，但不能在此止步，更不能为此自命不凡，而应该鼓足勇气，超越孤独，进入社会关怀和社会批判的"大丈夫"精神境界。

换言之，静夜烛光孤独自守的清高和雅兴固然不可或缺，

但不能因此忘却了黄钟大吕天风海涛的阳刚世界，那里生成的才是民族魂、民族的脊梁。尤其当下，中国在许多领域已相当强大。2011年经济总量就已接近7万亿美元，成为世界第二大经济体，外汇储备逾3万亿至今仍居世界第一，对全球经济增长贡献率达25%，人均GDP也已超过5000美元。京沪已轻松过万。北京2011年人均12447美元，超过12276美元"标准线"，达到中上等富裕国家水平。与此同时，包括政治体制改革在内，中国已进入进一步改革的"深水区"，并且是任何人都无法绕过的"深水区"，一个何去何从的大时代已经降临，再不能蜷缩在孤独和矫情的"小时代"和历史空洞化的"幻城"之中。

必须承认，如今我们的社会是有些缺乏阳刚之气的，小男人多了，大丈夫少了。说具体些，男孩有点不像男孩了，男人有点不像男人了，各行各业都显露出阴盛阳衰的迹象。大学文科成了"女儿国"，奥运会女运动员撑起的不止"半边天"，媒体界的记者编辑几乎清一色"娘子军"。有人调侃说，除了党政等一、二把手，男人全部退居二线。于是有了男孩危机、男生危机。社会开始呼吁"拯救男孩"。据媒体报道，上海八中要联合华东师大建立男子中学来应付日益严重的"伪娘现象"。毫无疑问，没有阳刚之气的民族，是没有希望的民族；

没有阳刚之气的国家，是没有未来的国家。

自不待言，代表阳刚之气的大丈夫并不等同于只识弯弓射大雕的一介武夫。比如岳飞。"怒发冲冠，凭栏处，潇潇雨歇。抬望眼，仰天长啸，壮怀激烈。三十功名尘与土，八千里路云和月"——这是何等昂扬激越撼人魂魄的大丈夫境界。但岳飞不仅仅是武将，才气亦不让文人。上马横扫千军，气势直捣黄龙；下马提笔填词，留下千古绝唱。辛弃疾也是如此，既有"金戈铁马，气吞万里如虎"的武勇之姿，又有"落日楼头断鸿声里"的文人咏叹。也就是说，"大丈夫"终究是一种情怀，一种精神境界。在这个意义上，是不是大丈夫甚至可以和性别无关——有此境界，女性也可以是大丈夫。换言之，"大丈夫"是精神性别。

（2013年8月8日）

Chapter Ⅳ
"副教授兼系主任"

— 01 —

美好的开学第一天

九月二日开学。准确说来，是研究生开学了，本科生晚两周：九月十六日。课不算少，每周十节。研究生八节，本科生两节。总的说来，我更愿意给本科生上课。本科生人多教室大，颇有大庭广众之感，讲起来容易兴奋。你知道，讲课也好讲演也罢，不兴奋是很难出彩的。当然，兴奋还有一个原因——说起来不好意思—— 一般说来，本科生女生比研究生漂亮。清澈的眼睛忽闪忽闪地看着黑板，看着讲台，看着讲台上的老师。啧啧！

我的本科生课排在周二，九月十七日。下了校车，到八点上课还有一刻钟，我决定先在外面转一转。到底秋天了，空气中不再有迷蒙的水雾潮气，清凉的晨风和婀娜的垂柳轻轻抚摸着撩拨着波光潋滟的湖面，怡适，空灵，平和，美，真好。之后转身走去教学楼。刚进走廊，一个男孩问我："你是林老师？"对方自我介绍说他是信息工程学院的国防生，新生，从中学时代就开始读我的译作，"简直迷上了，迷上了你的文字，所以特意跑来蹭你的课……"按学校规定，是不允许这么愣头愣脑跑来蹭课的，但我顶喜欢听别人说迷上我的文字，于是置规定于不顾，告诉他在后边找个座位，最好别紧挨漂亮女生。我们相视一笑。

也是因为国防生听不懂日语，加之开学第一次上课，专业学生也需要有个过渡，所以我没有马上启用日语，随机应变地念了我最近写的散文《被废弃的铁路》："铁路显然好多年没跑火车了，钢轨满是红锈，钢轨间长着蒿草。……路旁铜钱大小的淡蓝色的野菊花，一丛丛生机蓬勃流光溢彩，却又透出几分寂寥和清高……铁路右侧是坡势徐缓的阔叶林，多是柞树桦树，绿得势不可挡。时有山鸟事务性地飞出，飞出来证明山里有鸟。铁路左侧就是玉米田了，一片片全是玉米，勉强腾出的小路上也没有人。"台下鸦雀无声，听得相当认真。

课间休息时国防生走来讲台："您的文字看起来热闹，其实骨子里有一种荒凉感……"而这正是我要的效果，没想到这小子一下子就听出了个中信息，不愧是信息学院的。才十八岁！啧啧！

因为兴奋，讲课时全然不累，讲完了到底有些疲惫。走去外语楼的路上，见樱花树下的长椅空着，我一歪坐下休息。上午十点，阳光明晃晃照着周围景物。不远处，一株红色的紫薇花正向我点头致意。椅旁有两三朵蒲公英朝我仰起可爱的嫩黄色小脸。一个我不认识的男生走过："林老师好！"一个我不记得的女生走过，莞尔一笑。疲劳不翼而飞。后来有些口渴，忽然想起手提包里有早上家人用小饭盒装的葡萄。我掏了出来，往嘴里一粒粒扔着已经洗净的葡萄。略一迟疑，我背过脸把葡萄籽吐在草坪上：没准明年长出葡萄。欲罢不能地吃到第二十六粒的时候，英语系一位同事在我旁边把车刹住，探出头笑道："林大教授路旁大吃葡萄？拍下来传到网上！"吓得我赶紧收起第二十七粒。

下午三节研二课：名著名译对比研究。小范围研讨，师生围坐一圈，畅所欲言，自是其乐融融。下课后回研究室喝完一杯咖啡，英语大四一个女生敲门进来，拿出两本拙译村上要我签名，一本是其北大高中同学委托的，一本是她自己的。签名是我最喜欢的活计之一，不仅签名，还写了"读书时光"等一两句话。女生一口京腔。问之，告曰从北京考来的。未必漂亮出众，但绝对朝气蓬勃，用村上的话说，简直就像刚刚迎着春光蹦跳到世界上来的一只小动物，眸子宛如独立的生命体那样快活地转动不已。接下来她向我谈她刚看过的电影《了不起的盖茨比》，讲黛西如何冷酷无情，讲盖茨比如何一往情深并为之打抱不平——她的这种价值取向正合吾意，兴奋地听她一直讲到校车站，或者莫如说这位大四女生把我送上校车，相约下周继续。

校车沿着美丽的海滨一路畅通无阻，半小时后回到寓所。书房桌面放着上海外大谢天振教授的电子邮件，礼节性忽悠我说："上海《东方早报》上的专栏大作，有感而发，文采斐然，切中时弊，我很欣赏。"明知出于礼节，心里仍舒坦得很。

如此这般，从早到晚，好事多多，真真是美好的开学第一天。这么美好的一天实在太少太少了，故冒着显摆风险，记之请大家分享。

（2013年9月18日）

— 02 —

三十一年，我如何当老师

　　一晃儿，老师当三十一年了，还在当。家人问当三十一年还没当够？当老师真就那么好玩儿？年轻同事则偶有人问我三十一年来的感受，似想作为他自己是否也当三十一年的参考。校内媒体则郑重其事地让我谈谈作为老师如何在这个时代安身立命求得精神的超越、思想的自由、学术的独立以及薪火的传递等宏大主题。也是因为今天三杯小酒下肚，忽然有了涂鸦冲动，遂伏案提笔，在此一并作答。

　　说实话，倘以当下标准衡量，我是没资格当大学老师的。我一九六五年上初中，勉强念完初一"文革"就来了，往下再没念成。一九七二年念大学念的是"工农兵大学生"，在校三年零八个月至少有一年零八个月学工学农学军和"批林批孔

批邓"。一九七九年"回炉"读研三年倒是正规的，但即使这样，所有上学年头加起来，也不过相当于高中毕业。说痛快些，小学上大学，高中生当大学老师。一九八二年开始当，一九八五年破格当副教授，一九九八年非破格当教授。今年二〇一三年——当三十一年了，是该说点什么了。

说什么呢？想说的第一点实际上已经说了：我当大学老师很大程度上是由于历史原因（说历史的误会未免自虐），而我想说的第二点也同样与历史有关——假如我在精神的超越、思想的自由、学术的独立方面多少有一点作为并相应获得认可的话，那么我想也应该首先从我经过的那段特殊历史或个人特殊经历中去寻找原因。

不言而喻，我算是"文革"过来人。作为"文革"过来人，在"文革"过后始终有这样一个又粗又黑的问号如魇住一般挥之不去：当国家、民族这艘巨轮驶入危险而荒唐的自毁性航道的时候，当知识分子视之为安身立命之本的文物、典籍等历史凭依和传统文化惨遭腰斩和焚毁的时候，当天下无数苍生的尊严荡然无存甚至身家性命朝不虑夕的时候，包括大学教师在内的知识精英为什么集体失语，甚至有人与江青之流同流合污？一言以蔽之，知识分子为什么没有成为校正历史舵轮的积极的制衡力量？因此，窃以为培育自觉充任超越于派别利益、团体利益、个人利益以及利益集团之上的真正忧国忧民，即真正为国家和民族的长远利益怀有使命意识的独立的知识分子层不仅实属必要，而且是当务之急。应该说，这样的知识分子层国外有过，现代也有，如爱德华·W.萨义德和苏珊·桑塔格；中国古代有过，如屈原、司马迁、建安七子、李白、辛弃疾、陆游、方孝孺、王阳明、袁宏道、顾炎武。民国有过，如鲁迅、胡适、刘文典、张奚若、周炳琳、陈寅恪。

是的，陈寅恪，九十年代通过《陈寅恪的最后20年》一书同陈寅恪的"相遇"，对我有明显影响。他在传统文化风雨飘摇之际甘愿为其"托命人"的远见卓识与执着精神，他推崇"独立之精神自由之思想"和强调"思想不自由毋宁死耳"并身体力行的士人气节与铮铮铁骨，在处于困惑中的我的面前陡然竖起一座寒茫四射的摩天冰峰，让我为之仰视和倾倒。其后我又"认识"了"吾曹不出如苍生何"的梁漱溟、"宁鸣而死不默而生"的马寅初，"复习"了"无穷的远方无数的人们都和我有关"的鲁迅……回想起来，是这样的教授、这样的知识分子为我因"文革"而产生的特殊精神底色相继抹上了浓重的几笔。

而这无疑影响了我的教师生涯走向和生命姿态——使我专注于专业而又超越了专业、服务于校园而又走出了校园，将眼光投向了更为广阔和波谲云诡的领域，尝试以一介文弱书生之声为促进社会公平与正义、为呼唤文化乡愁与良知、为凝聚正能量以推动社会变革而说点什么做点什么。即使所谓壮夫不为的文学翻译活动，我也基本没有过多偏离这条自定的主线。例如，通过四十余部村上译作所传达的对于个人尊严、个体差异性的推崇和尊重这样的价值取向，未尝不可以说已经影响了一两代无数读者，从而为加速多元化公民社会的到来多多少少做了社会心理方面的铺垫。与此同时，对于学术研究也大体怀有这样的社会担当意识，力求使自己的论文和相关评论文章在"象牙塔"与大众之间架起沟通的桥梁，为民众提供一种有益的思考和启示。而另一方面，对申请各类项目则不甚热心，对申报奖项之类更无兴趣。

其实，我觉得问题主要并不在于项目和奖项本身，而在于以此为核心甚至刚性指标的学术评价体制。这样的评价体制和导向，使得大学越来越失去民族精神家园守护者的荣耀和世俗社会灯塔的光环，使得大学教员越来越多地沦为钱理群所批评的"精致的利己主义者"，使得学术越来越成为获取一己之

利的"私器"，同时使得纯粹出于个人学术兴趣的钱锺书式研究越来越不受待见。而我（和我的一些同事）就在这样的环境中生存着。原来的问号没有消失，又增加了形形色色新的问号。心中苦楚，人何以堪。所幸，我和我这样的人也还被不少人需求着认可着甚至尊敬着——我就这样度过了教学生涯中的第三十一个学年，开始步入第三十二个年头。"三十功名尘与土"——用之于我固然谬以千里，唯此三十之数，偶然同之，姑且借以抒发某种人生况味。

（2013年9月20日）

— 03 —

一个半小时的"二级教授"

　　局外人可能有所不知，大学教师分十二级。其中教授分四级，一级最高，四级垫底；副教授分三级，五级率先，七级殿后。八级以降由讲师和助教瓜分。至于如何瓜分，连我这个局内人都稀里糊涂。原本仅助教、讲师、副教授和教授四等。以职称言之，为初级、中级、高级（副高、正高）；以官本位论，大体相当于科、处、司厅局。可别不拿讲师当回事，如今"海归"博士，归来七八年仍屈居讲师者大有人在，我身边就不止一位。也就是说，这四格梯子爬到第三格都远非易事。而若爬到第四格，即或不累得苟延残喘，也笃定汗流浃背。

　　但不知何故，大约六年前四格又一夜间升级为十二格。以正高为例，年过半百好歹爬到教授格，正要擦一把汗回望尾随

攀爬的众弟兄之际，岂料自家眼前又忽一下子从云端降下四级云梯。自忖体力不支而喟叹一声原地坐下不动者固然有之，但多数人到底心有不甘，吃罢两个馒头半截大葱，决定继续击鼓而进。毕竟诱惑是有的——据我认识的南京大学一位二级教授介绍，一级教授相当于正部级，二级相当于副部级，三级四级相当于正厅副厅。以军衔比之，二级教授就是将军了，啧啧，将军！

话说回来，一级教授是不用争不用评的，院士天然一级。文科无院士，故文科无一级，最高二级。笔者属文科教授，五年前被评为三级。五年后的今天开始受理补报了，于是思量是不是再上一级。古诗云"欲穷千里目，更上一层楼"——退休前弄个副部级或弄个"少将军衔""酷"上一把风光一回，上可光宗耀祖，下可安抚家人，不亦快哉！

申报基本条件由学校发下来了。七条。内容提要如下：1. 遵纪守法，为人师表；2. 四十五周岁以下者应有博士学位；3. 成果众所公认；4. 授课语惊四座；5. 执掌国家项目；6. 论文所向无敌；7. 健康状况良好。逐条对照下来，除第5条以外，其他都多少沾边儿。尤其首尾两条绝对符合：从不为非作歹，走路健步如飞。加之敝人所在学院二十名教授俱为谦谦君子，尽皆唆使我报二级。而我正有此意，于是提刀上马，奋然出阵。

连过三关。本院推荐全票通过，人事处审核通过，校外同行专家评审满分通过。最后闯到"虎牢关"前。提前二十分钟到"关"前等候。看门外走廊名单：由上而下十一名。前九名全部来自敝校海洋水产等当家学科，文科随后两名，管理学院W教授和外国语学院在下林某。"最后一名？"人事处一位干部解释说是按工资序号排列的，并十分友好地补充一句："林老师外审评价很高啊！"

终审评委则是四十九名：院士、校领导、上届连任二级教授、各院院长、相关处长。从门缝一闪窥看，黑压压一屋子人。评审方式为：申报者汇报（不超过十分钟）；专家质询；投票表决。

最后轮到我出场了。开场白："首先请允许向诸位评委表示感谢——五年前承蒙诸位评委通过，我有幸获得教授三级岗。上岗以来的一千八百二十五个昼夜，说得文学些，可谓晓行夜宿风雨兼程，一日未敢懈怠。下面就让我比照原岗聘目标，简单汇报一下。"汇报分教学、科研和服务社会三个方面。"最后我想说的是，几个月前我已年届花甲，本应解甲归田种豆南山，而校方慨然决定延聘，因此我将继续效命五年。

老骥伏枥志在千里固然谈不上，但试着跨前一步的野心还是有的——在此我想比照二级岗申报基本条件第三条斗胆提出申请。无须说，二级岗藏龙卧虎防不胜防。今天或侥幸过关，或扫兴而归，人世间充满了种种样样的不确定性，还请诸位评委多多关照。谢谢！"讲到"防不胜防"，会场明显响起笑声。"谢谢"话音未落，四下又响起掌声。掌声刚落是提问声，以至准备好的王牌PPT竟无暇演示。两个提问，主要问我"林译"有没有形成学派，我如实回答因没带博士生，学派恐难形成。必须承认，提问者相当客气，绝无刁难之意，我回答亦未卡壳，会场气氛可谓春意融融。

自我感觉极好。退场后我去"贵宾室"取公文包，折回时正赶上场内评委中间休息。在走廊碰见的评委们无不面带笑容跟我打招呼或点头致意。一位院士还主动和我聊了一会儿，说他坐飞机在机舱刊物上看我的文章，"深感坐飞机是何等美妙的事情！"院士还建议我不妨就招博士生提个有可操作性的方案报给学校……听得我越发得意忘形："承蒙院士大人欣赏，我当副院士有望了！"

退场大约十一点。半小时后我兴冲冲一路跑回家来。家人问我战况如何，我笑道："毫无悬念，百分之百！快拿酒

来！'"琅琊台"没等喝完第三口，十二点半电话铃响了：限于名额，十一人中通过六人。文科管理学院W教授上了，我是落选的五人之一。非常非常意外，由于太意外了，我完全忘了失望、埋怨、气恼、悲伤等其他所有情感。

事情过去十多天了。老实说，我仍不埋怨，也没气恼，因为规则和程序本身是透明的、公正的。渐渐地，当初的意外也变得不那么意外了：或许，在带一个团体呼啸作战的领军者和单兵突进的孤独者之间——尽管人文知识分子多为散兵游勇——评委们难免多数选择前者。何况绝大多数评委们本人即是理工科领军人物。

唯一遗憾的是我未能演示PPT，那若干张挤不进门的盛大演讲场面图片有可能作为实证打动几名评委使我进入下一程序。但不管怎样，我已经当了一个半小时的"二级教授"。十三亿芸芸众生，能有几人如此幸运呢！

（2013年4月6日）

— 04 —

我能当博导吗

脑海中近来不时浮现一个问号：我连博士都不是，能当博导吗？

说起博士，我每每想起两位：胡适博士、方鸿渐博士。众所周知，前者实有其人，有可能是民国最出名的博士，连废帝溥仪都知道。某日胡博士得其电话："你是胡博士吗？"胡博士当即屁颠屁颠跑去谒见。至于后者方博士，乃钱锺书《围城》中的虚拟博士，亦是吾国最早的冒牌博士。此君虽是冒牌，但比他的校长和身边的教授同事正派许多。他的清高、单纯和风流偶觉，一看就有别于那班俗物。若冒牌博士皆如方某，愚以为冒又何妨。

至于共和国时期的名博士，我一时还想不起谁。究其原因，一是博士培养是近三十年的事，在那之前甚至把胡博士批得体无完肤；二是博士总量增长太快，快得很快超越美国成了世界第一博士生产大国，没给早期博士留出声名鹊起的充裕时间。不容否认，起始博士相当金贵。尤其海外归来的洋博士，哪里都倒屣相迎。或许之以高官，或许之以重金，或许之以豪宅，除了美女什么都敢许。可惜好景不长，无分海归本土，无分男女性别，博士们若干年前就有不少在像样些的高校吃闭门羹了。无他，数量太多，多了就不金贵，多了就难免鱼龙混杂，此乃常理。高屋建瓴语惊四座的博士固然不在少数，而读其文闻其声观其行怎么都上不来敬意的博士也绝非个别。有的甚至情怀或精神境界都远远没有脱俗，简直是钱理群先生所抨击的"精致的利己主义者"的标本——无比精致无比精彩地追求个人利益最大化，以致令人心生疑惑：这也算读了一回博士？导师怎么培养的？

是的，导师，博士生指导教师、博导。博士多了，意味博导多了。博士鱼龙混杂，意味博导泥沙俱下。以前的博导，或学贯中西凌虚高蹈，或兢兢业业脚踏实地，或童颜鹤发仙风道骨，不仅学问光耀星空，而且富有人格魅力。今日则一言难尽。尽管如此，教授们还是争当博导，仿佛博导成了比教授高

一级的职称。学院、学校也还是争博士授予权，上博士点，仿佛上不了博士或博士点数量少就矮人一头——不妨说，上上下下普遍得了博士点焦虑症。

我所在的学院近来也是如此。毕竟全校几乎只有我们同博士点完全绝缘，挂不上，也靠不着，颇似市中心的尼姑庵。平心而论，作为学科建设的阶段性目标，上博士点无可非议，积极总比消沉好。可问题是，上博士点所需阵容和能量在本质上是日积月累水到渠成的结果。这东西和种玉米绝对不同，不是施了化肥氮磷钾就能立马节节拔高浑身插满大棒子。话虽这么说，院长书记们还是把任务派到我头上："林老师，申报个国家社科基金项目什么的！"我说自己都这把年纪了，还跟年轻人争那个干什么呀！再说，如果申报了却没捞着，何颜见江东父老！"正是为了江东父老才要申报！个人颜面事小，学院发展事大，大河无水小河干！"随即又逼近一步："再在国家级核心期刊发两篇论文！"我反唇相讥："你以为那刊物是咱们家办的呀？一年才四期，加起来才发五六十篇，何况日本文学本身又上不了大阵！"对方也不是等闲之辈："林老师收山前最大的心愿是什么？不是想招个嫡系传人吗？不上博士点如何实现？硕士生眼见不上不下不顶用了嘛！"

这回一语中的，我不再反驳了。我的确不自量力，想招个"嫡系传人"，传承"林家铺子"的译笔、文笔、情怀和思想——万一有那玩意儿的话——至少在我百年之后有人整理自己拉拉杂杂的文字。文字在，作者的生命就在，就说明人还活着。有谁不想活着呢？当然，博士生不是私人弟子，需要从国家培养目标角度给予种种指导。换言之，我是"985"高校博士生导师，而不是风雨飘摇的"林家铺子"小老板。问题是，我有那两下子吗？不会误人子弟吗？事后我跟主管科研和研究生工作的副院长这么一说，他淡淡一笑："与其让别人误，还不如你误、咱们误！"

又一语中的？不管怎样，我得承认这句话具有奇妙的说服力，多少消解了"我能当博导吗"的纠结和压力。

（2013年7月19日）

— 05 —

大师之大　大在哪里

自1898年设立京师大学堂以来，中国的现代大学已经走过了115年风雨旅程。如今仅大陆本土即有大学2362所（一说2700所）。若问115年间哪一所大学最成功，当数抗战期间的国立西南联合大学。据统计，2522位西南联大毕业生中，获诺贝尔物理学奖2人，获国家最高科技奖3人，"两弹一星功勋奖章"获得者6人。中央研究院第一届81位院士，西南联大有26位。后来的两院院士之中，西南联大出身者占171席。而耐人寻味的是，这所最成功的大学也是最破烂的大学。杨振宁日后回忆："教室是铁皮屋顶的房子，下雨的时候，叮当之声不停。地面是泥土压成的，几年之后，满是泥坑。窗户没有玻璃，风吹时必须用东西把纸张压住，否则就会被风吹掉。"

于是产生这样一个疑问：校舍如此破烂的大学何以成为115年间最成功的大学？追问者不乏其人，回答者亦不乏其人。其中有的并非大学中人，如媒体人刘宜庆君。8年来，他始终从教授群体特质这一角度回答这个朴素的疑问。2009年出了《绝代风流——西南联大生活录》，2010年出了《浪淘沙：百年中国的名师高徒》。前不久又出了第三本：《大师之大：西南联大与士人精神》。

"大师"之语，显然来自梅贻琦校长的名句："所谓大学者，非谓有大楼之谓也，有大师之谓也。""士"为"士大夫"之略，即中国古代知识分子。所谓"士人精神"，大体指修齐治平先忧后乐、天下兴亡匹夫有责的家国情怀；"富贵不能淫，贫贱不能移，威武不能屈"的浩然之气；以及三军可夺帅、匹夫不可夺志的名节取向，等等。但西南联大教授们大多有留学欧美的经历，学贯中西，因此他们身上不仅有传统士人的精神印记，而且具有现代知识分子的优秀品格。正如作者指出的那样："西南联大教授有一个很好的传统：坚守学术的独立和思想的自由，不党不官，人格独立，为社会代言，为百姓请命，行使对政府的监督和批评的权力。'违千夫之诺诺，做一士之谔谔。'西南联大将双重身份——中国传统文化中士人

的风骨与现代公共知识分子的担当——完美结合。"

　　这里只举书中周炳琳教授为例。周的专业是经济学、政治学和法学。留美回来后，历任清华、西南联大和北大的教授。自1931年开始任北大法学院院长，直到1949年，达18年之久。他虽然身居教职，但始终关注时局，心系国家命运，为争取民主和民主宪政奔走呼号，将个人得失置之度外。他是早期国民党员，曾任国民参政会的参政员。作为参政员，每次开会都慷慨陈词，批评国民党政府贪污腐败，官商不分，从来不畏权势不讲情面。一次批评通货膨胀，时任财政部长的孔祥熙辩解说"没有通货膨胀"，周回敬道："闹到钞票发行到用扫把扫，才算膨胀吗？"孔无言以对，蒋介石只好出面打圆场。蒋屡次许以高官厚禄，但周炳琳不为所动。抗战期间蒋曾让他在国民党宣传部长和社会部长二职中任选其一，但他一个也不选。邀他出任最有机会接近蒋的炙手可热的侍从室顾问，他也以回西南联大任教为由一辞了之。在西南联大，他一再批评蒋介石的独裁和一党专政，呼吁实行民主宪政，认为"只有民主政治才能抗战，也只有民主政治才能建国"。在呼吁无效的情况下，1946年后索性不再出席参政会，拒绝出席"伪国大"。

　　就是这样，作者以其理性、细腻而富于历史责任感的笔触写出了张伯苓、梅贻琦、冯友兰、贺麟、姚从吾、周炳琳、钱瑞升、张奚若、罗隆基、曾昭抡、费孝通、闻一多、傅斯年等西南联大教授们的士人精神及其崇尚独立、自由、民主和个人尊严的现代知识分子风采，让这些大师们从八年抗战的炮火硝烟中，从风雨飘摇的简陋校舍中，从是是非非的历史迷雾中向我们走来。或西装革履，或中式长衫，或表情凝重，或神采飞扬。"云山苍苍，江水泱泱。先生之风，山高水长。"

我曾在一篇名叫《大学之大　大在哪里》的文章中写道："大学之大，不取决于其校区面积之大，不取决于其师生数量之大，不取决于其设施规模之大，不取决于其投资款额之大，而在于其是否大气——是否具有藐视官本位意识和世俗价值观的孤高之气，是否具有引领国民人格和民族精神走向崇高的浩然之气，是否具有敢于追求真理和高擎理想火炬的凛然之气，有此气，再小亦大；无此气，再大亦小。"其实，这段话用来表达"大师之大，大在哪里"也并无不可。概而言之，大师之大，大在气节，大在骨气，大在正气——唯气大而已。

反观时下不少教授，气也不可谓不大，可惜大的是官气、俗气、铜臭气、江湖气、市侩气、酒肉气。以"骨气"言之，气没了，只剩下骨，而且是软骨，一身软骨——在官员官位面

前站不起来，在利益集团面前站不起来，在"孔方兄"面前站不起来，甚至在"洗脚馆"面前也站不起来……生于本土，未学得中国传统的士人精神；游学欧美，未学得西方高蹈超越的形而上思维；负笈东瀛，未学得日人的一丝不苟克己奉公。较之西南联大的前辈同行，全然不可同日而语。也许有人说，民国时期尚有相对独立的社会空间——这诚然是至关重要的前提性原因——但现在也并非完全没有。说尖刻些，问题也还在于你是否积极利用这个空间和利用这个空间做什么了。如果体制好上天了，一切好上天了，还要你这个教授做什么？还要大学做什么？即使在这个意义上，我也极想推荐刘宜庆君的这本书：《大师之大：西南联大与士人精神》。

（2013年5月21日）

— 06 —

清华教授何以绝食

　　日前有媒体报道，清华大学教授程曜发现其任职的工程物理系未经其本人审阅和同意，就将部分涉及自己尚未公开发表的论文资料在该系网页公布。他认为这侵犯了自己的知识产权，遂同系方、校方沟通，要求撤下。岂料，只消轻点鼠标之劳的这点小事却被精于电脑技术的清华一拖再拖，拖了一年多仍无动静。万般无奈之下，程曜教授从10月4日开始绝食抗议，持续绝食至10月9日，系方才向他道歉并从网页撤下相关信息。

　　无论如何难以置信。清华再怎么说也是清华，程老师再怎么说也是教授，解决如此区区琐事——何况理在程老师方面——居然要堂堂清华教授付出绝食五天的代价！我不知程教授多大年纪和身体状况如何，若老弱如我，休说五天，一天都

要饿得老眼昏花瘫倒在地。由此引起并发症一命呜呼都并非没有可能。知识产权重要还是饮食活命重要？这程教授也真是迂得可以。清华的工程物理系更成问题。再搞工程物理也不至于对人的生理一窍不通嘛！俗话说人是铁饭是钢，一顿不吃饿得慌。程老师可是十五顿没吃，岂不饿到生理极限了？再说他又不是闹着要当系主任或像我这样成天闹着要当系党支部副书记，系方何以绝情若此？

噢，我想明白了。怪就怪在程教授不懂配合，怪在他不是"精致的利己主义者"。记得钱理群教授今年五月间这样说过："我们一些大学（包括北京大学）正在培养一些精致的利己主义者。他们高智商、世俗，善于表演、懂得配合，更善于利用体制达到自己的目的。这种人一旦掌握权力，比一般的贪官污吏危害更大。"这就是说，假如程老师"精致"地"懂得配合"或"配合"得十分"精致"，哪里会遭此"饿其体肤"之苦呢！

但另一方面，有程教授这样的教授存在又恰恰是清华之幸——这样执着、较真而不懂配合的有风骨的教授，他所培养的学生自然不会是"懂得配合"的"精致的利己主义者"。此其一。其二，程教授和他的绝食之举，可以再次促使清华乃至整个吾国整个高等教育界思考和改正种种弊端。不过与此同时，人们不禁要问这促使的代价是不是也太高了？《国家中长期教育改革和发展规划纲要（2010—2020）》已经公布两年了，纲要的一个要点，就是要"去行政化"。那么清华作为中国2362余所（一说2700所）大学方阵的排头兵是如何贯彻落实的？把教授放在了什么位置？教授是系里的主人还是系主任的下属？小小的系主任竟可以把言之有理的教授逼到绝食并真正绝食长达五天之久的地步，在提倡人性化管理和上下以和谐为重的当今之世，简直滑天下之大稽。这还是大学吗？还是大学中的清华大学吗？

何况系主任也谈不上是教授们的上级或领导。众所周知，欧美等西方国家的大学，系主任是由教授们推选出来的相对德高望重之人，是大家公认的该学科领军人物，而即使那样的系主任也并非教授们的领导，大体相当于教授会召集人、主持人的角色。相比之下，中国大学里的系主任则大多是由组织考察和任用的。毋庸讳言，作为组织或主管部门，无论谁都喜欢任用"懂得配合"的。而"懂得配合"的人有时候很难说是该学科最有成就和影响的领军人物，甚至连教授都可能不是。不用说，这样的系主任很难得到教授、得到大家应有的尊重。说白

了，或许除了系主任本人，没多少人把系主任当很大一回事。而清华那位系主任竟有如此大的能量，想必远非等闲之辈。

粗略梳理起来，清华这几年弄出来的名堂不算少了。始而陈丹青因招不到自己想招的具有艺术悟性的博士生愤而辞职，继而某位专攻近代史的史学副教授把英文里的蒋介石译成"常凯申"，次而冒出个"真维斯楼"、火烧历史标志性建筑清华园门……这次又逼得教授绝食五昼夜，没准"好戏"还在后头。清华怎么了？这就是提出大学乃"有大师之谓也"和成功建立教授会而实行教授治校等民主制度的梅贻琦任校长达十七年的清华大学吗？呜呼，"曾日月之几何，而江山不可复识矣"！

（2012年10月18日）

— 07 —

苟且：这个可怕的社会病症

前推不到一个月的四月十六日下午，惨遭室友投毒的复旦大学医学研究生黄洋在与剧毒抗争十五天后不幸离世，一个年仅二十八岁的生命从此消失。同日晚上十时左右，南京航空航天大学一名男生被室友刺伤身亡。隔一日后的四月十七日江苏张家港职业工学院又一位男生被刺，经抢救勉强脱离生命危险。加之涉事大学有两所分别为"985""211"国家重点高校，致使我国高等教育机构再次处于公众目光的严厉审视之下。

作为大学中人，我情愿认为事件更多带有偶然性。一如美国校园的恶性枪击事件，不能因此一味指责高校本身。高校在校生三千万（其中硕士研究生一百二十五万左右，博士生近三十万），毕竟绝大多数还是地道和善良的。但与此同时，也

必须正视和反省大学本身应负的责任。任何偶然性中都有必然性。例如复旦，对实验用剧毒药物的管理存在疏漏之处。虽然按规定学生实验时应有导师在场，但实际上未必次次如此。"实验中如果有人减少药物剂量，偷偷存了起来，是很难发现的。"一位研究生介绍说，学生结束实验时也并没有什么检查。另有研究生透露，案发后学校内部还开会指出，半年前和不久前实验室曾两次丢失过投毒作案所用药物（参阅2013年4月19日《城市信报》）。

如果把日历翻回一九九四年大约十一月和一九九五年大约三月间，那么不难发现另一投毒事件：清华女生朱令至少两次摄入致死剂量的重金属铊盐剧毒，至今卧床不起，已变得神志不清。"除涉嫌人为作案外，铊盐未按剧毒品管理是其重要原因"（据网易历史http://news.163.com/history/）。

管理疏漏意味着什么？苟且！

大学本是一丝不苟地追求真理、追求科学的机构，然而大学苟且了！难怪人们追问大学怎么了。可问题是，大学从来不是——尤其在我们这方由行政主导、由意识形态主导的国土上——独立于社会的净土和象牙塔。所以，追问大学的苟且之前应首先追问社会的苟且；追问大学怎么了之前，应首先追问社会怎么了。

毫无疑问，我们正在走向富裕和强大。同样毫无疑问，我们的社会正弥漫着苟且之风。不少官员苟且，越往下越苟且。一些乡镇干部的苟且程度已经超出了人世间所有的想象力和忍耐力，一个小小的镇长以至村长一年居然吃喝几十万。而对老百姓不是刁难就是揩油。不仅官员，个别教师也成了苟且之徒。前些日子去外地，一个熟人的朋友告诉我，他上初中的儿子只为调个座位就花五百元！还有，生老病死，人之大事，与此相关的医院和殡仪馆乃是最让人牵肠挂肚、悲痛欲绝的特殊场所。可是那里有的医生和工作人员的态度竟是那么不耐烦，眼神竟是那么冷漠和不屑。事后每次记起，都有一股阴冷的风飒然掠过脊背、掠过心底。

总之，官员不像官员，教师不像教师，医生不像医生……没有敬业精神，甚至没有起码的职业操守和严肃性。应付了事，得过且过，能推就推，能躲就躲，能捞就捞——不讳地说，苟且之风已经成了一种社会病症，即使不能说病入膏肓，也到了相当可怕的地步。更可怕的是，作为本应是抗拒苟且的最后堡垒的高等学府也正在迷失苟且与严谨的界限。即使往轻里说，也有学术失范、评价失真、管理失误等种种问题。至于日常性打交道的大小餐馆，地沟油、可疑调料、以次充好、以腐充鲜等苟且行为更是举不胜举。

说到餐馆，不由得想起前不久的台湾之行。会议结束后，因为听说台湾小吃有名，早上起床就跑到校园后门的小食街去了。街面很窄，小食店一家挨一家。时间尚早，有的刚开店门，有的正在做准备。无意之间，我的目光落在骑楼下洗菜的一位五六十岁的店主身上——他正对着水龙头洗芹菜，洗得极认真，分开芹菜根部，一批儿一批儿冲洗，还不时拿到眼前细看，看罢再洗……那样子，不像是洗芹菜，而更像是给婴儿洗澡。我站住看了好一会儿，看得我有些感动，甚至生出一种敬意。往前路过几家店门前的情形也大体如此。事情虽小，却让我觉得台湾人身上似乎有一种沉淀下来经久起作用的东西。那东西是什么呢？

返回大陆后随手翻书，台湾"清华大学"林安梧教授若干年前以《儒道文化与台湾现代化》为题在华中理工大学演讲的一段话引起了我的注意和沉思。他说中国传统文化在台湾一日未曾中断，儒道佛深入人心。儒，人伦孝悌为立身之本。一个人哪怕再有地位，而若被认为不孝不悌，也很难在世上立脚；道，台湾人多半相信"整个大地母土天地"所形成的这个总体具有"自然的和谐性的调节力量",而不与之抗争或逆天而行;佛,台湾民众倾向于相信"善有善报,恶有恶报",故不丧天良,不做伤天害理之事,自觉积德行善以期平安度日进而荫及子孙,为族群的生存积下德行。看到这里,我渐渐明白了,那种沉淀下来经久起作用的东西很可能就是这些——至少包括这些——儒道佛等中国传统文化的内核。这内核未因时局动荡、体制变异、政权更迭和意识形态而破裂消失。这使得他们拥有恒定的价值取向、道德自觉和内在平静,因而为人处世有自律性、严肃性和尊严感、敬畏感。一句话,不苟且!说白了,干什么像什么。

对比之下,同是炎黄子孙的我们这边却苟且成风,苟且成病,成了一种可怕的社会病症。我想,我们是不是到了该找回那个内核的时候了?或者像泰戈尔讲的那样,让我们把手伸到历史的灰烬里面,从中捕捉可能有的余温,用其余温慢慢孵化那个宝贵的内核……

(2013年5月13日)

— 08 —

"副教授兼系主任"

去了台湾，终于。

400年来，台湾炮火硝烟，风雷激荡。侵略与反抗，殖民与光复，凋敝与繁荣，专制与民主，大陆与孤岛，漂泊与乡愁。荷兰、法国、日本，郑成功、刘铭传、蒋介石……加之此外不言而喻的原因，台湾之行让我分外兴奋和期待。一如若干年前的香港之行。

去了四天，回来了。

感触、感慨、感想，林林总总，不一而足。余光中曾以小小的邮票寄寓乡愁，我则想以薄薄的名片略抒己见。

别看台湾小，2300万人口不到大陆的零头，但高等教育发达，大学有160所之多，平均不到15万人即拥有一所大学。淡江

258

大学是其1/160，却又大于1/160：作为私立大学，规模最大，实力也够雄厚。位于台北市郊，观音山下，淡水河边。飞檐翘角，曲径回廊，花草葳蕤，古木参天。尤其金乌西坠时分，但见半江彩霞，满树夕晖，温馨，妩媚，无限风情。

便是这样一所大学找我前去讲点什么——在"村上春树国际学术研讨会"上做个大会发言。我顶喜欢大会发言，喜欢演讲，况且是讲老伙计村上君。不过更重要的，是我没去过台湾。于是赶紧收拾行李拿起讲稿，抓一把名片，兴冲冲飞了过去。名片？别小看名片，这东西在国际会议上绝对少不得的。当然啰，假如你是英国女王陛下或奥巴马、普京总统，抑或村上春树本人大驾光临，名片倒是画蛇添足。至若凡庸如我，名片等于通行证，名片即我，我即名片。何况人家恭恭敬敬双手递上名片之际，自己却上上下下左掏右掏，掏出的不是钞票就是发票，那多凄惨啊！

众所周知，名片并非仅仅印有姓名的纸片。较之姓名主语，莫如说姓名前的头衔定语更为要紧。这么着，仅此一点就让我觉出两岸差异来了。喏，"专任副教授兼系主任""教授兼系主任""日本语文学系教授兼外语学院院长"……看出来了吧？专业职称（学衔）在前，行政职务（官衔）随后。而咱们大陆这边几乎完全颠倒过来。出于慎重，刚才随手抽出几枚大陆同事名片摊开察看。结果无不是系主任、副院长、院长或书记在前，教授随后。其中一位竟把国务院特殊津贴获得者、××市政协常委、××评委会副秘书长、校长助理兼后勤处长等"官衔"密密麻麻定在"教授"前面，压得"教授"活像庆功兼总结会上落败的中国女排姑娘，缩在角落里大气不敢出。

也许你打抱不平：别小题大做好不好？不就换个排列顺序嘛！须知顺序非同儿戏，顺序决定主次高低，决定评价取向，决定习惯。比如夫妻、子女、公婆、男女，你总不能倒置为妻夫、女子、婆公、女男吧？再如书记县长之序被视为理所当然，县长书记则断乎不可。由县长而书记曰升，由书记而县长曰何？即便大学校园，若干年前书记校长之序尚有互换空间，而今则必定书记冲锋在前吃苦在先。自不待言，先教授而后主任院长，盖因看重学衔；先主任院长而后教授，盖因看重官衔。前者学术挂帅，学术化；后者行政第一，行政化。

闲聊时和台湾同行谈及，对方惊问："怎么可以把行政职务排在前面啊？大学毕竟是学术团体而非行政机关。再说主任院长三年一换，而教授是'金不换'的哦！"实际上那里起主导作用的也是教授们。如发起此次研讨会的Z教授只是教授，并无行政职务，但她显然是大会的主角，而"副教授兼系主任"的M系主任则乐呵呵鞍前马后跑龙套，仿佛在说系主任就是跑龙套的嘛。尽管日本语文学系是该校第一大系，学生达一千余人。

会议结束后应"教授兼院长"的L教授之邀去她任职的东吴大学外国语学院参观访问。楼上楼下，除了一间"院长室"、一间"系主任室"，其他全是"研究室"（教师单人办公室）、教室和阅览室。路过"院长室"，L教授颇为难为情地说里面什么也没有，"我差不多总在研究室，很少来这里"。进去一看，果然冷冷清清，俨然房地产开发商的样板房。路过"系主任室"，她把我介绍给"副教授兼系主任"W老师。这位中年"海归"说他马上就要卸下"主任"了，语气甚是轻松，就像我说明天回大陆一样轻松，一样了无挂碍。

回大陆好些天了。能怪名片吗？能怪名片上同义汉字排列顺序的差异吗？岂止名片，一进咱们的学院楼，比名片大得多的房间标牌同样在炫示那种差异——此岸大学校园的房间用途比彼岸复杂得多讲究得多。说痛快些，大异其趣。一瞬间甚至令人产生错觉：这里是学术机构还是行政机关？

（2013年5月11日）

261

— 09 —

普林斯顿大学和卖报的刘队长

　　普林斯顿大学是响当当的美国名校。我没去过。没机会去。好在村上春树替我去了，去了两年，去当驻校作家。据他在《终究悲哀的外国语》中写的相关报告，普林斯顿大学有两点引起了他也引起了我的兴趣。

　　一点是普林斯顿大学的清高（snobbish）。一个美国人告诉村上，美国的大学人士在社会上乃是孤立的存在。"他们的存在非常特殊。大学是与一般世俗社会截然不同的世界。不妨说，好比大海中的孤岛。唯其如此，他们才必须确立只适用于自身的规则那样的东西来保护自己。"换言之，就是自命清高，拒绝与时俱进，拒绝随波逐流。如果哪位大学老师喜欢喝在电视上吵吵嚷嚷做广告的、面向劳动阶级的、缺少文人情趣

262

（intellectual）的国产百威啤酒，喝完后或边喝百威边看斯蒂芬·金的侦探小说或者听流行歌手肯尼·罗杰斯的唱片，那么不被排挤出大学社会圈才怪。不仅如此，"车也似乎以不显眼为correct（正确），闪闪发光的新车在校园停车场几乎见不到。衣服以尽量不显新为上。我猜想他们做了新衣服恐怕要先在家里穿上一个月，天天穿，等多少穿变形了才穿去学校。英语有句话说是'Keep a low profile'，大意为'什么事都要低姿态'。普林斯顿的生活恰恰如此。八十年代的闪闪发光主义并未波及大学。"

　　面对这么多清规戒律，一向我行我素的村上起始觉得相当别扭，感叹"当知识分子也够折腾人的"。但很快习惯了，转而认为这种何为correct（正确）何为incorrect（不正确）的生活反而让他舒了口气。因为不必考虑多余的东西，只消循规蹈矩就万事大吉。不必像在日本那样"被全国性泛滥成灾的信息玩得团团转"，亦不必像在日本那样从事"文化上的烧荒农业"——"大家聚在一起烧完这块田后又跑去烧下一块，烧完后很长时间里寸草不生。本来天生富有创造性才华的人，本来必须慢慢花时间筑造自己创作体系根基的人，却不得不在脑袋里装满如何幸免于烧的念头，或者仅仅考虑怎样做才能给别人留下好印象。这不是一种文化消耗又能是什么呢？"

上面是让村上和我感兴趣的第一点，那么第二点呢？第二点其实更同清高密切相关，就是不提钱，除去迫不得已的场合——大概除了金融会计系——钱字一般无人提起。村上饶有兴致并借题发挥地这样写道："钱在这里极少成为人们的话题。反过来说，在日本，人们可总是谈钱谈个没完。在日本，动不动就有人说'村上君写畅销书钱大大的有，花这点算什么'。事情或许是那样，不过恕我直言，那纯属瞎操心。我开的是1600CC小车，于是有不少人说'村上君有钱别坐这个，买贵一些的车如何'。可这是我的自由，倒也不是讨厌贵些的车，但眼下我觉得这个挺好，开起来其乐无穷，用不着别人说三道四。在这点上，'钱？噢，如此说来，世上钱那样的东西倒是有的'——普林斯顿的这种绅士氛围的确让我心怀释然。"进而认为像普林斯顿大学人士那样冷眼看待物质利益而坚定主张"世间并非全靠金钱驱动，我等拥有比金钱更宝贵的东西"，大概才是知识分子本来的使命和理应采取的人生姿态——"无论被称为精英意识还是被称为孤立的世界，世上都应该在某个地方保留一两处这种游离于世俗之外的天地。"

喏，村上眼中的普林斯顿大学够可以的吧？相比之下，中国这块地方或某个地方还保留着如此清高的大学或大学里还保留着这种清高吗？说在从事"文化上的烧荒农业"未免苛刻，但力争"幸免于烧"的念头恐怕多多少少还是有的。校园里"闪闪发光的新车"比比皆是，谈钱也谈个没完没了。不仅钱等谈话内容，就连谈话风格——语体、文体也正在失去大学教师、知识精英应有的个性。说痛快些，越来越同政府官员甚至同煤老板没了分别。一个字：俗！

具体说别人不合适，说我自己吧，我这个大学老师就足够俗的。不说别的，你猜，我一年到头跟谁说话最多？不是大学同事，而是所住校区后门卖报的"刘队长"——过去在东北农村当过生产队长——也是因为都有东北农村生活经历，几乎每天买报时都跟他聊上几句。一次我对他说自己当年十几岁在生产队（屯）干活儿的时候，最羡慕的工种是扛着水罐往地里给干活儿的人送水，因为活儿轻。可生产队长偏偏把这轻活儿派给他一个身强力壮的亲戚，让我这个瘦得高粱秆似的学生哥儿跟大人干重活儿。刘队长当即表示："那不对！哪能那么派工呢？我当队长肯定派你送水，什么人派什么活儿嘛！"对了，前几天他还告诉我一个绝非笑话的笑话：某大队革委会主任（村长）发言，由于识字不多，把"狠狠打击阶级敌人"念成

"狼狼打击阶级敌人"。旁边一个小知青悄悄告诉他不是"狼狼"是"狠狠",对方立马提高嗓门:"狼还不狠吗?狼不狠什么狠?"说罢,我和刘队长放声大笑。

好在没给村上听见,好在村上没来我们的大学当驻校作家。否则不知他会写出什么来。我想表达的是:较之大学共同体成员,有时候我更觉得同这位卖报的刘队长有共同语言,更能让我"幸免于烧",至少不是"文化消耗"。假如我去普林斯顿大学当驻校翻译家,肯定立马让我走人。

(2014年5月17日)

— 10 —

大学人士与啤酒

　　盛夏到了，啤酒商乐了。炎炎的夏日，凉凉的啤酒，就好像一对相依相偎的难兄难弟，或一对相辅相成的哲学命题。

　　我不知中国有几大啤酒。广州二十载喝的是珠啤，青岛十几年喝的是青啤，回东北小住喝的是"雪花"，去北京开会喝的是"燕京"，赴上海演讲喝的是什么来着？"三得利"？"石库门"？记不清楚了。总之，我可能和大多数国人一样，对待啤酒不像对待白酒黄酒葡萄酒，一般不大在意品牌。一来啤酒那玩意儿用料和制造工艺大同小异，二来啤酒是"活"的，越鲜越好，不宜舍近求远，倘有条件守在啤酒厂大门口一扎扎喝生啤最好。至少，青岛居民中非珠啤不喝、广州市民中非青啤不要的好事者少之又少。说到底，不就是三五块钱一瓶的低酒精含量饮料嘛，何必呢！

不料美国佬有人不然，例如我的异国同行——恕我高攀——普林斯顿大学的教员群体。近日随手翻阅新版旧译《终究悲哀的外国语》，村上春树说普林斯顿大学人士十之八九对美国自产啤酒嗤之以鼻，而对进口啤酒情有独钟。喜力、健力士、贝克——喝这些牌子才算是correct（正确）。美国啤酒里边若喝波士顿的Samuel Adams、旧金山的Anchor Steam之类，因为牌子不很一般，尚属情有可原。而若常喝什么百威（Budweiser）、Miller、Michelada，甚至自家冰箱塞满了百威，来客人就"咔嚓"开一瓶百威，人们势必露出诧异的神色。倘若再变本加厉地通读了流行小说作家斯蒂芬·金且是里根"粉丝"，被排斥出大学社交圈都并非没有可能，除非作为学者有绝尘而去的业绩。

村上作为驻校作家刚到普林斯顿大学的时候每以百威干啤自慰。不料某日同一位教授聊天当中随口说自己较为中意百威，对方当即摇头做出不胜悲哀的样子："承蒙夸奖美国啤酒自是欢喜。不过么……"往下就含糊其词了。总之，百威和Miller这些热火朝天在电视做广告的啤酒主要是面向工人阶级的，而作为大学人士，则必须喝或最好喝更讲究文人情趣的啤酒。于是村上说

"美国这个国家比日本远为讲究阶级和身份"。从此以后，百威干啤只好在宿舍偷偷喝，出门尽可能喝Guinness（吉尼斯黑啤）和Heineken（喜力）什么的。"看来当知识分子也真够折腾人的——不是跟你开玩笑。"村上感叹。

够格也罢出格也罢，作为身份，敝人也是大学人士，并时而以知识分子自居，但如开头所说，在喝啤酒方面从未有过所谓身份意识和阶级意识。

回想起来，喝啤酒让我别有感觉的大约有两次。一次是在八十年代末暑假回乡探望父母的时候。某日去小镇路上偶遇两个在镇上当小干部的初中同学。也是因为时近中午，两人又找来两位同学拉我在小餐馆喝啤酒，喝当地生产的"天赐泉"。一张大圆桌，冷热荤素大致摆好后，但见抬上一个小孩洗澡盆那样的大搪瓷盆，里面晃悠悠满登登盛满淡黄色的液体，无数细线仿佛"嗞嗞"有声地从盆底涌起，随即化为无数气泡气沫：啤酒！主人先为我用多少像样些的带柄玻璃杯满满舀了一杯，随后大家或用搪瓷缸或用塑料杯或用大海碗接连舀了下去。速度越舀越快，越舀越不讲究，以致盆中液体很快浮起油星、葱花、菜屑等诸多杂物，宛如湖面上铺排的一叶叶小舟一面面渔网，弄得不知是刷锅水还是啤酒了。一盆喝罢仍不尽兴，又抬上一盆。席间不时有人走出去对着窗前栽种的大葱和西红柿"哗哗"喷洒同是淡黄色的某种液体，一直喝到有两人趴到桌子底下才罢休。势之所趋，我也喝得天旋地转头重脚轻。事后家人笑我：哎呀呀，你哪像个大学老师，活脱脱乡下佬一个。不仅如此，返回广州还逢人就介绍东北人喝啤酒用洗澡盆，听的人无不"露出诧异的神色"。

第二次别有感觉的，是我来青岛以后的事了。几年前参观青岛啤酒博物馆，参观结束时馆方送了一杯原浆青啤。深褐色，散发着麦芽原始的芳香，极有质感和重量感。说夸张些，所谓琼浆玉液，我想不外乎这个了。一杯意犹未尽，又自掏腰包要了两杯。也是因为不是旅游旺季，人不多，我坐在原木椅子上，望着原木桌面和颇有年代感的房间，心头泛起一股久违的恬适之情……

不过，我并不认为我必须喝原浆青啤，即使喝也与我的大学人士身份以至"阶级性"无关，尽管我并非不理解普林斯顿大学人士喝啤酒时的某种"阶级性"。

（2013年7月24日）

— 11 —

教授为什么写不出教授

　　上海一位女编辑发来她最近写的一部短篇小说：《60岁的中文系女教授》。小说很棒。正是我喜欢的那一类型：考究的文字，别致的隐喻，人生洞见，人性机微，不动声色的幽默感，以及静静喷涌的才气。不过，读罢掩卷，到底有一丝不悦隐约残留下来：六十岁的中文系女教授！说起来，除了我所在的外文系，中文系是我接触最多的系，当然接触了女教授以至年近六十的女教授。但这位虚拟的六十岁女教授不关乎其中任何一位。她是所有床笫想象的无情终止者——只要她的意象介入其中，本来汹涌澎湃的激情便像突然拔掉电源的电风扇一样应付了事地转两圈后彻底无能为力。为什么非是六十岁的中文系女教授不可呢？这不公平。我同小说作者见过两次面，据我

271

所知，她的职业履历概与教师教授无涉。

这意味着，又一位不是教授的人写出了关于教授的小说！此前已有若干本了：张者的《桃李》、阎连科的《风雅颂》，还有一本书名就叫《教授》，作者名字一时想不起来了，反正不是教授。我倒是教授，而且是想写教授的教授，却一直没能写出教授……

是的，几年前我就想写一部教授主题小说。书名都想好了："《围城》二世"——既然钱锺书先生能把民国教授众生相写得妙趣横生，我为什么不能把共和国教授写得栩栩如生呢？作家出版社知道我这个野心之后，当即正式约稿，并且忽悠我说："以你的语言功力，总翻译村上小说岂不可惜！与其给他人做嫁衣裳，莫如给自己做嫁衣裳，把自己嫁出去！"

然而几年过去了，我仍未把自己"嫁出去"——"《围城》二世"仍未破城突围，我仍在眼巴巴看着并非教授之人接连捏造"教授"。其实，近些年我也并未总是为他人做嫁衣裳。散文写了，杂文写了，论文写了，小品文写了，为什么偏偏写不来小说呢？一次请教写小说《藏獒》的杨志军。他慨然授以秘诀："小说是结构的艺术，结构即关系，人与人之间的关系。只要把握了关系，就有了结构，有了结构就有了小说。"但他只说对了一半，另一半是我现在才明白的：我所以写不出小说，是因为不具有文学想象力，即不具有虚构能力，亦即不具有文学意义上的说谎能力。而这项能力基本是天生的。一句话，我天生不是小说家。换个说法，我要想成为小说家，我身边必须发生足以构成小说的许许多多现实故事。

然而现实是当今大学没有故事。准确说来，故事太少了，少得不足以支撑不会虚构的我也能塑造正能量大学教授形象。也不单单我这么看，比我厉害的其他人好像也这么看。北大中文系陈平原教授好几年前就喟然叹道："既不鉴赏幽默感，也不推崇独立性，今日中国的大学校园里，难得再有经得起学生再三阅读、品味、传诵的尚未老态龙钟的教授及其故事。"复旦校长杨玉良教授也强调一所好的大学必须有让学生感到自豪的名师和名师故事。认为名师故事在传播过程中被"添油加醋"，恰恰反映了人们心目中的大学精神，进而产生令人感动的激越的大学文化。东北师大盛连喜书记今年四月也在《光明日报》发表文章，阐述"理想之大学"通常具备的四个特征："有人物、有故事、有空间、有代表。"同时感叹如今许多大学新楼高楼有了，故事却没了。"因此，我们需要珍惜和保护历史留给我们的那些经典故事。"

　　写到这里，不禁想起和东北师大同在长春的母校吉林大学，想起我入学不久听得的两个故事。老校长匡亚明一次如厕。听得隔壁出门声却未听得冲水声，马上提起裤子冲出门把那个学生逮了回来，问他为什么没冲水就走。学生辩解说上课要晚了。匡校长当即发布校长令：上课晚了我负责，你排出的东西你负责！另一个故事是关于历史系于省吾教授的。于教授告诉他的研究生：破译一个甲骨文保管你一辈子有名有利有吃有喝有老婆。而让他最"牛"的，就是自己比郭沫若多认识两个半甲骨文。并且宣布谁要是比他多认识半个，就把自己的漂亮女儿整个嫁给他，同时继承包括慈禧太后尿罐在内的所有文物收藏……

　　故事都是"文革"前发生的，我听后也整整过去四十年了。我敢说，即使母校本硕七年所受课堂教育内容统统忘了，这两个故事也不会忘。而且，即使在母校负面新闻多多的今天，我也还是为自己出身于吉大而自豪——因了马上提裤子教育学生的校长，因了比郭老还"牛"的老教授。

　　在这个意义上，故事的确大于思想。倘若如今的大学校园也有类似故事，我的"《围城》二世"何至于难产！

　　　　　　　　　　　　　　　　　　　（2013年8月18日）

— 12 —

电脑上课和"蒙娜丽莎"

　　讲演也好讲座也好讲学也好，动身前对方每每问我用不用电脑。我当即回答不用那个劳什子，纯属摇唇鼓舌，只将麦克风调好即可。依我个人极狭隘的经验，麦克风虽然技术含量少，但十之六七出毛病。音量调大则回声刺耳，调小则后座不知所云，不大不小之适中者殊为难得，纵使某某科技大学、某某理工大学等"985"科技名校，小小的麦克风亦有科技问题。

　　我所以看重麦克风，不外乎因为我只用麦克风，别无电脑等补救手段。不过这也是我的一个小小的自傲：仅凭三寸不烂之舌即可压住阵脚，即可使会场风起云涌山鸣谷应，未必人人都做得到吧？

　　不但讲演，讲课我也一概不用电脑。这么着，一进教室便把脏兮兮沉甸甸的窗帘——我敢打赌,窗帘自挂上之日起从未洗过,师生谁都不具有窗帘乃定期洗涤之物的认识——哗一下子拉去两边。教室顿时大放光明,但见帅男靓女,满室秋波,于是心中大快,但觉文思泉涌,话语如水注坡。盖因有其景方有其情,有其情方有其言,所谓存在决定意识物质决定精神,实为放之四海而皆准的真理。假使窗帘四合,投影仪一道青光从天花板正中赫然泻下,教室岂不活活成了钟乳石洞!春不见灿烂樱花,夏不见五彩荷塘,秋不见黄叶纷纷,冬不见白雪皑皑,讲课如何能有激情?遥想刘文典当年在西南联大,一次上《文选》选读课,刚上半小时,即宣布改在下星期三晚饭后七点。原来那天正是农历五月十五,皓月临空,月华如水,上下澄明,如梦如幻。学生们静静倾听他吟咏《月赋》:"白露暖空,素月流天……升清质之悠悠,降澄辉之蔼蔼……美人迈兮音尘阙,隔千里兮共明月。"时吟时讲,触景生情。教授忘乎所以,学生沉醉其中。情景交融,物我两忘,不知今夕何夕。那才叫上课!

　　说回电脑。用电脑上课不仅使教室光线怪异,而且可能影响教师的姿势、形象以至脸色。一日我因故从正上课的教学楼长长的走廊中穿行,无意间往两侧教室左顾右盼。顾盼之间,不禁愕然。老师们几乎都不立于讲台正中高谈阔论，而把讲台让给了投影仪那道青光——那道青白色或白青色抑或由种种颜色合成的扇形光柱，光柱从讲台上方明晃晃投在黑板位置上的一大块白色幕布上，形形色色，闪闪烁烁，教室俨然电影院。本是堂堂主角的老师却缩在教室一隅，身体前倾，脖颈前探，两眼直勾勾盯视电脑界面，口中喃喃自语，仿佛往日幻灯片解说员。还有的姿势复以金鸡独立，又或手插裤袋，甚至手托香腮，姿势五花八门，形象各具特色。不仅如此，光柱时而扫在老师脸上，致使平时大体处于亚健康状态的教师脸色越发不堪。其中一位我认识的刚毕业不久的女博士原本有几分姿色，气质也够优雅，却也无由幸免，休说美感，连职业性庄重或严肃性都大打折扣。

那么学生如何呢？学生虽坐在光柱下面，正光散光都光长莫及，但由于白色幕布图像图表的反射，花容月貌也大多黯然失色。有人木然盯视幕布，有人举起手机对着幕布拍照——估计用以代替课堂笔记。那也难怪，"电影院"里很难做笔记。说实话，因我自己上课不用电脑，所以如此大面积连续目睹如此课堂场景还是头一遭。惊诧之余，饶有兴味，不由得像教务处巡视员一样沿走廊走了两个来回。

愚意以为，理工科另当别论，而作为文科教师——尤其人文学科教师——倘不能用语言即用三寸不烂之舌讲述要讲的内容，那应该是不很够格的。当然，若讲蒙娜丽莎的微笑并讨论她为什么微笑——例如，讨论梁实秋文章所云是因为发觉自己怀孕了而微笑还是发觉并未怀孕而微笑——倘不用电脑演示一下图像，那怕是有所不便的。但在绝大多数情况下，蒙娜丽莎并不关乎上课内容。更没有什么人对其微笑与怀孕的关联性永远兴致勃勃。

于是一次我问一位长相颇像蒙娜丽莎的女同事——上课干吗老用什么电脑，又不是讲《蒙娜丽莎》！"蒙娜丽莎"始而一愣，继而答曰："其实语言课一般没那个必要。问题是学校有这个要求，还要求做电子教案，除了纸质教案……没那么要求你？"

（2014年2月9日）

— 13 —

女博士：第三性？

有件事你不觉得怪？古往今来，来今往古，朝代不知更迭了几多次，意识形态不知颠覆了几多回，甚至白云苍狗沧海桑田之变都无足为奇，而国人择偶标准却始终没变，数千年来一以贯之：男才女貌。尽管现今有人偷梁换柱，"才""财"相易，但总的说来并非主流，更不为有些品位的女同胞所认可。例如，寒假前我跟几个来我研究室的女硕士生开玩笑，问她们哪位还待字闺中，"老师我介绍个煤老板土豪做朋友如何？"结果她们始而连连摇头，继而反唇相讥："要是介绍个老师这样的文豪倒是求之不得，土豪不要不要。"自不待言，土豪财大气粗，文豪才华横溢——敝人另当别论——"财""才"之间，女孩子们还是唯才是举。记得当时我特意提醒，文豪可是

没多少银两的哟。她们再次拿老师开涮："您也没穷困潦倒嘛！这样不挺好的吗？要那么多银两做啥子哟！又不是要开银匠铺！"喏，非"男才"莫取，全然撼动不得忽悠不得，至少我没找出任何甘愿下嫁土豪的余地。

至于男人择偶标准就更不用说了，百分之百"女貌"，绝对以"貌"取人。或许你反驳说诸葛亮夫人诸葛黄氏不是很丑吗？脸上甚至有麻子坑来着！可那一来没有照片为证，二来就算实有其事，那也是例外，例外不足以说明任何问题。当然喽，倘若你一口咬定自己的老婆很丑并马上打开手机"相簿"为证，那或许还有一点儿现实性说服力。

这么着，女博士的婚姻大事就成了一个不大不小不紧不慢的社会问题。换个说法，女性的容貌很难同学历、学位成正比，而成反比的可能性倒大出许多。亦即，学位由学士而硕士而博士更上层楼，"回头率"则由学士而硕士而博士每况愈下。加之年龄关系，男人觅偶，眼睛大多在毕业本科生或在学硕士生中间打转转，而极少对女博士群体投以青睐。当然，作为一种不确定性，惊鸿照影顾盼生辉的女博士或许静静存在于世界某个角落，但作为现实状况，说句不够得体的话，我所接触的女博士——要知道，我周围以至外围的女博士可谓比比皆是——还没有哪位的相貌足以让我产生非分之想。诚然，她们当中有人以丰沛的才华令我心醉神迷，有人以优雅的谈吐让我心旷神怡，有人以超凡的气质使我心往神驰……

说起来，因为我供职的学院没捞到博士授予权，所以迄今为止我带的全是硕士生。十多年带下来，少说也带了三四十个。其中五名男硕士生有四名考上博士，有的考取北大等名校，有的几年前就已和我一样成了"硕导"，每次提起都不由得暗暗得意两三分钟。遗憾的是，女硕士生们还无人同博士沾边，甚至沾的愿望都没有。于是我动员一位女硕士生出马上阵。所以动员她，一是因为她学习好，具备基本战斗力；二是因为她长相好，可以在一定程度上扭转世人对女博士的偏见，证明女博士也并非都是效颦的东施。不料对方轻启朱唇："林老师，您让我考博可以，也很感谢，但得依我一项要求。"我说休说一项，三项也依得，说！"不不，一项足矣。那就是，"她略一迟疑，"考之前或考取之后保证帮我找个男朋友。想必您也知道，如今女博士成了……成了您翻译的村上君《海边的卡夫卡》里的大岛……"我一下子没反应过来，哦，大岛？大岛怎么了？"既不是男性性男性，又不是女性性女性，妇女性这一gender的解构与暧昧……"我言下顿悟，随即

背诵主人公大岛接下去的语句："gender一词说到底是表示语法上的性，表示肉体上的性我想还是用sex更为准确。这种场合用gender属于误用——就语言细部而言。"

第三性？"Identity（身份）的古典式探索"。师生相对而笑。不过那是有所保留的笑，女博士pathetic（悲怆的）处境没办法让我们放声朗笑。我们知道，女博士的婚姻困局并非语法上的误用，而是混凝土一般坚硬的事实。

文章写到这里，学院一位兼任行政职务的教师——套用上述修辞，行政性教师或教师性行政——打来电话，告知我们的博士点申请和我的博导申请忽然摆脱了某种不确定性。于是我下一步有可能面临这样的选项：招男博士还是招女博士？前项因为男硕士绝对数量少，选择余地相当有限；而若招女博士，人世间势必又出现一个性别上的identity的古典式探索者，或一个《海边的卡夫卡》的特殊引用者……

（2014年1月21日）

— 14 —

西方人咬了"苹果"，"苹果"咬了我们

福楼拜在《恋书狂》中写了一个恋书狂："他爱书的气味、书的形状、书的标题；他爱手抄本，爱手抄本陈旧无法辨识的日期、抄本里怪异难解的歌德体书写字，还有手抄本插图旁的繁复烫金镶边；他爱盖满灰尘的书页，他欢喜地嗅出那甜美而温柔的香。"设若福楼拜生在当下的中国，我敢打赌，他写的肯定不是"恋书狂"，而是"恋手机狂"：他爱手机的气色、手机的形款、手机的标识，他爱手机的……

青岛开往潍坊的动车组。我放下手中的报纸，起身找洗手间。从车厢这头走去那头，又从那头走回这头。无意中我有个发现：几乎所有人都注视手机。为了确认这一发现，我又从这头走去那头，复从那头走回这头。没有人注视我——哪怕我头

顶突然冒出一只枝形角——任凭我居高临下地注视两侧的他们和她们。我得以顺利确认，除了一对头碰头的现实性恋人和一位歪着打盹的虚拟性失恋者，其余所有人都在看手机。目不斜视，全神贯注，饿虎扑食一般，比课堂上学生看课文不知专注多少倍。由于太专注了，感动之余，我倏然产生了一种近乎惊惧的孤独感或近乎孤独的惊惧感。

　　返回座位，继续看报，上车前买的本地晨报，不是什么了不得的报纸。邻座是位某事业单位办公室副主任模样的中年男士，衣着倒还讲究，但多少沁出磨损感。也是因为他的目光一度离开手机往我端着的报纸瞥了一眼，我以为他感兴趣，于是看完后把报纸叠起递了过去。他点头道谢，随手将报纸插在眼前椅背的口袋。他继续看手机，一直看到我下车。已经看了80分钟！我有点儿后悔，后悔不该强加于人。看手机又怎么了？看书看报看杂志就比看手机有品位有教养有文化不成？何况你怎么知道人家看手机一定是玩游戏？用手机就群众路线教育读取部下汇报或向上司请示也并非没有可能。世间存在所有可能性和不确定性。不过话说回来，我也并非多么介意我的邻座看手机，我介意的是整节车厢以至整列动车组都看手机——甚至对眼前椅背献媚的美女杂志都不屑一顾——这无论如何都异乎寻常。

不由得，我想起前不久去宁波大学时一位德语老师席间说的话。他说国庆长假期间和夫人带着上初中的女儿去欧洲旅游。"秋天的欧洲大地是多么迷人啊！火车所经之处，田园间的村落和尖顶教堂、牧场上的羊群和成片野花、光闪闪的溪流、静悄悄的山林、红彤彤的晚霞……然而女儿根本不看，不看，就是不看。看什么呢？只管低头看'苹果'，苹果手机、苹果iPad……一次我和她母亲尝试夺下她的'苹果'，可女儿一瞬间闪现的是怎样的眼神啊，简直像要跟我们拼命似的。"这位可怜的德语父亲叹了口气。转而感慨："可你看车厢里的欧洲人美国人，哪个看手机？不是看书就是看窗外风光。其实用不着别的，西方只用一个小小的'苹果'、小小的手机就把我们打败了——西方人咬了'苹果'，'苹果'咬了我们。人家咬'苹果'一口，可'苹果'一口接一口咬我们、咬我们的孩子啊！"他的声音透出深切的凄凉、无奈与孤苦。听得我们赶紧安慰他："别担心，你的宝贝蛋千金才上初中，等上高中就好了——苹果树下，百花盛开！"他嘴角曳出一丝隐约的苦笑："但愿！"

无独有偶，前天在上海大学，一位刚从美国回来的英语老师告诉我："在美国，无论地铁还是高铁，满车厢乘客大多看书，很少有人看手机。可你瞧瞧咱们这边，有几个人看书，有谁看书，看书的都快成'奇葩'了……"我半装糊涂地问道："手机不也能看书吗？""我敢保证，用手机看书的，不可能超过15%。再说，看什么？看《二十四史》还是看《纯粹理性批判》？看你译的村上春树倒有可能。"得得，引火烧身。我借故打住，落荒而逃。附带说一句，刚才查阅中国新闻出版研究院公布的第十次全国国民阅读调查报告，得知2012年度我国18周岁至70周岁国民人均每天手机阅读时长为16.52分钟。这同上面这位英语老师说的15%固然不是同一项比例，但可同样看出手机阅读绝非主流这一基本事实。也对，手机的主要功能并非阅读。

不过你别说，前天我还真沾了手机的光。离开讲座会场，一位当年我教过的学生要请我吃"外婆手艺"上海本帮菜。"外婆"当然住在僻静的里弄，她去过一次也记不确切。于是掏出"苹果"查找，指着上面的地图告诉我在哪儿在哪儿快了快了。我半信半疑：那么小的菜馆也会有？就算有，手机地图"快了快了"的距离走起来也不可能"快了快了"。而我又要赶飞机……正这么嘟嘟囔囔行走时间里，她用手一指："到了，39号！"一看，果然。不过门面的确太小了，小得几乎只

有一扇门。若非手机指引，笃定看漏无疑。

"外婆手艺"的确够味儿，甚至让我想起自己的外婆。告别"外婆"乘地铁去机场。而在地铁车厢，我再次体验了和动车组车厢大同小异的手机冲击，印证了德语英语两位老师的相关描述，耳畔久久萦回那句话：

西方人咬了"苹果"，"苹果"咬了我们！

（2013年12月29日）

— 15 —

瓜田小屋和北外女生

再单调平庸的生活也偶有惊喜。近半年的惊喜之一，无疑是上海译文出版社要出十卷拙译村上小说精装本，并嘱我重新校阅一遍。最先校阅的，自然是《挪威的森林》。

校阅当中，一方面为自己的漏译误译感到羞愧和惊诧，一方面又每每思忖：就技术精确性来说，我可能比过去多少有所提高，但问题是，技术精确性对于艺术未必总是最重要的。在这个意义上——仅仅在这个意义上——《挪》幸亏是我二十几年前翻译的。那时自己也还算年轻，译笔似乎更有生机和灵性。换言之，倘今天翻译，译文或许较为圆熟老到，但往日那一往情深的执着、那冲击语法藩篱的锐气、那唯有年轻才有的骄傲与洒脱恐怕很难出现了。因此，只要不在根本上游离于原

288

文，此次一般不做规范性修剪，不强制其就范。何况，之于拙译四十一部村上作品，《挪》可以说是我的"第一个孩子"。纵使后面的再优秀，第一个也总是最让人偏爱的。或者莫如借用村上春树的话说，《挪》倾注了我过多的"充满个人偏见的爱"。村上在题为《翻译与被翻译》那篇文章中具体这样说道："我本身搞翻译（英文→日文）搞了相当长时间，相应晓得翻译这东西是何等艰苦而又何等愉快的活动。也在某种程度上知晓一个个翻译家使得文本固有的滋味发生了怎样的改变。我想，出色的翻译首先需要的是语言能力。但同时需要的还有——尤其文学作品——充满个人偏见的爱。说得极端些，只要有了这点，其他概不需要。说起我对自己作品的翻译的首要希求，恰恰就是这点。在这个不确定的世界上，只有充满偏见的爱才是我充满偏见地爱着的至爱。"

概而言之，文学翻译需要两点，一是来自个人偏见的爱，一是基于语言能力的精确。而出色的翻译，无疑是爱与精确的完美结合。而其结果，即是我奉为圭臬的"审美忠实"带来的审美感动。任何规范、制度甚至思想都可能过时，可能灰飞烟灭，唯美永存。

写到这里，不知何故，脑海里倏然闪出一座瓜园小屋。

四十多年的事了。那时我正在乡下耕作。从我家所在的小山村去生产队（屯）队部的河边小路经过一片瓜园，满地香瓜，从很远就能闻到香瓜才有的瓜香。那是八月的乡村最好闻的香味儿。不过更让我动心的倒不是瓜香和吃香瓜，而是瓜田那座小屋。也是因为锄地割地等活计累人和我比较懒的关系，我极想当瓜田小屋的主人，为生产队看瓜。有人买瓜我就提篮下田摘瓜，摸摸这个瓜的下巴弹弹那个瓜的脑门，然后在四周懒洋洋的知了声中摘一篮瓜回来。多美啊，多幸福啊！可以说，我绝对是那个看瓜人的"粉丝"并时刻准备取而代之……

十七八年后梦想成真，我果然成了那座小屋的看瓜人。瓜园就是"挪威的森林"——森林瓜园，奇香异果，美不胜收，而又扑朔迷离，这当然让我感到快乐。快乐之余，困惑亦多：瓜园是外国的，瓜是外国的，有时不能准确判断瓜是彻底熟了还是半生不熟。有的瓜还相当"狡猾"，躲藏在叶伞之下或蒿草之间，一时难以找见。因此，我摘进篮里的瓜未必个个熟得恰到好处，甚至缺斤短两。所幸总有热心人帮忙，把生瓜拣出去，把躲藏的瓜找来补足。不用说，他（她）们就是为拙译纠错补漏的读者朋友。举个有趣些的例子：

"副 教 授 兼 系 主 任"

身为男性的您，身边大概没有女人点拨关于妇女用品的名称，只好由过分热心的读者不耻下教。《挪》P65的"卫生带"，除了极少数穷人已没人用了，那是用布做的可更换卫生纸的带子，现在城市已很罕见了，想来在日本更早绝迹。应译为"卫生巾"。多常用的词呀！此外，"药棉"和"止血塞"即"内置卫生棉条"，如"丹碧丝""OB"。您的译法让人觉得那东西是用来堵鼻子的，连女孩都看不懂，别说男的了。想通后大笑一气……说实话，您的译文很精彩，就差这一点儿"专业知识"。如果您对"摇滚文化"或女性问题还有疑问，请和我联系。

这位帮我"敲瓜"的热心读者果然留下了联系地址和姓名：100081　北京外国语大学208#信箱　郑明娟。写信时间为"1999.1.12凌晨"。一晃儿十几年过去了。这位学英语的北外女生，你在哪里做什么呢？可一切都好？

（2013年2月12日　癸巳正月初三）

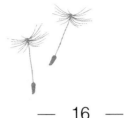

— 16 —

高中：只为那一个三位数？

即使在当今网上时代，我仍有幸接得不少读者来信，尤其是来自高中生的信。但我还是感觉到了此刻手中这封信的不同。开头就不同凡响："今天，细雨绵绵。窗外田里的烟草居然竞相开了花。作为注定被戕焚的植物的花，是幸，还是不幸？"

接下去，他开始自我介绍。容我隐去真名实姓，姑且称之为阿强。去年六月，作为一直是乖孩子的他从南方某个县城"一所平凡得如沙砾一般的中学初中部"毕业，被保送到市里重点中学的实验班（即尖子班），并且是班长。"如果不是那一天，我想我会一辈子奉行我的'乖孩子'政策，同无数华夏学子抢考好大学，然后考个公务员什么的，最后死去。"

那一天，发生了什么呢？也算不上发生了什么：一位同学把拙译村上小说《且听风吟》放在了阿强书桌上。于是阿强"无可救药地爱上了文学"。一年内看了十二本村上作品。加上莎士比亚、菲茨杰拉德、普鲁斯特、高尔基和徐志摩、沈从文、林徽因、鲁迅、杨绛、钱锺书、龙应台、舒婷、林清玄，以及简媜、苏轼……高一的他总共看了大约四十本文学作品。而这都起因于那一天的那本《且听风吟》。《且听风吟》打开了阿强"心里的眼"。

与此同时，作为"尖子班"班长的阿强开始觉得自己同学校之间越离越远了。他这样写道："正如二十世纪后期苏联勃列日涅夫进行的'经济杠杆''企业能动性'等改革尽皆成了空话一样，国内高喊的'素质教育''不以分数论英雄'不过是一纸空文。家长、老师，乃至全社会，都在盯着每次考试后的排名榜。分数分数分数，归根到底，他们要的不外乎那几个空洞的数字。学知识、看书，早已没了新文化运动时那种为中华崛起而读书的热血。我只看到在'社会'这片几近荒漠的草原上，无数名为学校的巨兽都疲惫不堪苟延残喘地向高考扑去。……忍痛割断情思，把一本本书尽锁箱底，残忍杀戮心中一个个名词。紧扣心扉，不惜献上青春的一切。春花、秋月、清风、浪涛、一枚绿芽、一川烟雨，统统熟视无睹置若罔闻。

只为了，三年后那一个三位数。"

　　阿强随后问我：这真是对的吗？这样一味追求好大学真是对的吗？他大概知道我无法回答。于是自问自答："想来也是理所应当。我们一直是以经济建设为中心的，在本质上同村上君为之徘徊的'高度发达的资本主义社会'是很相似的。人们焚琴煮鹤，看不见自己早已满心疮痍。"

　　最后，阿强这样表示："我只能遥望盛唐，遥望古希腊，尽我力气再做一本习题集！"

（2012年10月8日）

— 17 —

来自高考状元的礼物

高考结束了，阅卷结束了，分数出来了。是的，分数！凡考试必有分数，凡分数必有高低。全县高考分数最高者，为县高考状元；全省高考分数最高者，为省高考状元。因有文理之分，故又有文科状元、理科状元之别。尽管这几年有意淡化——如北大连续几年不再公布入学状元人数——但状元毕竟是四处游走的活生生的客观存在，即使不公开，世人也大多心知肚明，亦为老师同学高看一眼。

我当教师三十多年了，从广州的"211"教到青岛的"985"。其间一个不大不小的遗憾，就是没能教到省市高考状元。究其原因，一与学校有关，我所在的"985"并非第一梯队；二与专业有关，迄今为止我还没听说过哪位省市高考状元选择日语专业；三与我本人有关，毕竟我未能被聘为第一梯队"985"的特聘教授。但若说我没接触过高考状元，却又不然。教是没教过，但见过、接触过，而且对方是北京市的高考状元，文科状元，女状元，女孩子。

最初"相识"是在网上。大约七八年前我应"新浪"之约在那上面开了博客，每周发一两篇博文。当时跟帖最勤的网友有两位："闲者"和"大岛"。谈的主要是文章、文学、文化。内容极够档次。至于两人性别，我把握不准。"大岛"显然同拙译村上长篇《海边的卡夫卡》中的非男非女或亦男亦女的同名两性人有关，而"闲者"则难免让人联想起"悠然见南山"的陶渊明。实际上"闲者"留言也颇有陶公闲云野鹤之风。既无愤世嫉俗的沉重，又无玩世不恭的轻佻。表达本身也够考究，一看就知有文字功底和修辞自觉。后来"闲者"给我来了一封信，来自北京。信是用自来水笔写的，标准正楷，一笔一画。更令人诧异的是长长两页，通篇古文，而且是类似王勃《滕王阁序》那样的骈体文，平仄藏闪，抑扬转合，疾弛有致，文采斐然。中国古文，大体属于男性文体，女性不易驾驭。于是我更加认为"闲者"是男孩了。再后来"大岛"向我透露"闲者"是北京文科高考状元，就读于北大中文系，大一。喏，状元到底是状元！不过高中阶段即写得这样一手古文，即有如此超拔心志的孩子到底出身于怎样的家庭，接受的是怎样的训练呢？一个谜！

如此一两年过去后的金秋时节，我应邀去中国现代文学馆演讲。讲罢最先来讲台找我签名的是两位女孩："林老师，我是大岛啊！""我是闲者啊！"我定睛细看。"大岛"不是两性人倒没怎么让我吃惊，吃惊的是"闲者"——毫不含糊的女孩！这位女状元很难说有多么漂亮。较之漂亮，莫如说清秀更合适。个头一般，夹克衫，牛仔裤，娉娉婷婷，文文静静。无论如何都很难同古文、古文人联系在一起，当然她也没有开口来一句"今日相见三生有幸"之类，而是像一般文学女孩那样问了两三个关于村上文学的问题。问的什么忘记了，只记得她问的时候专注、沉思和不无忧郁的表情。眼神既像看我，又像透过我看远方地平线出现的什么。这使得现实中出现在我面前的她多少带有梦幻意味。告别时她把一支带有"北京大学"字样的粗硕的黑色自来水笔作为礼物送给了我。意外之余，很有些感动。

光阴荏苒。倏忽三四年过去。两年前的初夏，这位当年的京师女状元坐在了现在我写这篇文章的书房——她即将毕业，

毕业前来青岛旅游，顺道来访。我留她吃了简单的晚饭，边喝青啤边聊。她谈起她的毕业论文。说实话，论文中运用的西方文艺理论让我感到相当新颖和受启发。同时不无困惑：王勃式骈体文和西方文艺理论是如何在一个中国当代女孩那可爱的小脑袋瓜里融为一体的呢？她还告诉我，班上至少有一半同学毕业后出国深造，她也出国，去美国学社会学。临走时，她又拿出礼物相送：胡开文徽墨。

此刻，装在木盒里的两支"纯烟墨"就摆在我的书桌上。所附一封短信也在书桌上。容我摘录如下："时逾夏至，近水为凉；地极海东，虚白生热。余自朔地南来，尘犹满面；竟得窥此胜景，欣喜何如……班门弄斧，期把酒以论文；海纳百川，蒙盛情而抱愧。"

又一次"时逾夏至"，整整两年过去了。不知这位女状元、我的网友"闲者"是仍在太平洋彼岸还是已返回故国，不由得怅然有顷。但愿某一天她再次现身会场或忽然敲门："我就是闲者呀！"果真如此，这次将送我什么呢？笔？墨？苹果iPad？

（2013年6月30日）

— 18 —

两个上海，两个我

命运这东西，果然充满不确定性。

比如我，在小得不能再小——小得连名字都没有也不配有——的小山村长大的我，如今最常去的地方却是中国大得不能再大的大上海。年年去，而且是在最好的深秋时节去。不是去某所极够档次的大学演讲，就是出席其乐融融的《外国文艺》编委会。或者二者兼而有之。今年亦然。

深秋时节的上海的确宜居、宜游、宜去。不燥不湿，不冷不热。矮株牵牛花仍在忘我地编织五彩图案，硕大的悬铃木叶片则开始沉思何时飘零——痴迷与冷静，执着与洒脱，醉与醒。仿佛在向世人暗示什么，尤其向我暗示什么，但我当然不理解也不理会。

异乡人 Stranger

预定下午2：00在上海交大闵行校区演讲，而我从太湖经苏州赶回上海市中心一家酒店的时候，已经12：40。约定12：50来接的交大的车提前等在门前。而我还没有吃午饭。须知，演讲这东西也是个体力活儿。按以往经验，加上"互动"、签名等等，没有两个半以至三个小时是下不来的。早上时间紧没吃好，肚子已经瘪了半边。届时若饿得老眼昏花思维短路，在大庭广众之下来个语无伦次，半世英名休矣！

放下行李，赶紧跑去隔壁一家小便利店抓了一块奶油面包和一罐咖啡。不巧正是午餐时间，收款机前排队排了十几个人。移动速度很慢。于是我向队前一位外企职员模样的年轻男士说自己有急事能不能加个塞儿。对方平静地回答他也急。于是我转而求他身后一位衣着长相无论怎么看都颇有品位的女孩。不料女孩似乎没看见也没听见，兀自冷冷地目视前方，仿佛正在眺望远方海面一艘即将沉没的油轮。我能说什么呢？只好灰溜溜地返回队尾。手中托盘一抖，面包滑落在地。我赶紧拾起，又另抓一块，并排放在托盘上……

连遭拒绝。绝无可能为之欢欣鼓舞。气恼。费解。一个人加塞儿，顶多耽误一分钟时间，一分钟都等不得吗？再说——非我自吹——无论怎么看我都应该不像是存心占这点儿小便宜的形象猥琐之人。为这场演讲特意从衣柜深处拎出穿在身上的略带臭球儿味的藏青色西装，如门外晴空一般蔚蓝的纯棉免熨衬衫。一会儿扎上领带，去瑞典国王面前领诺贝尔文学奖都无须重新包装。然而我被拒绝了，活活被两个自己带的研究生那般年龄的年轻男士和女孩拒绝了。小小的加塞儿要求未被受理。没有妥协，没有折中，没有中间地带，OFF，"咔嚓"。

所幸，正在研究"阿Q在日本"的我很快想通了。你以为你是谁？你不就是侥幸进城的乡巴佬吗？以为自己翻译了几本小书写了几篇"报屁股"文章就该人人都向你脱帽致敬吗？何况，说不定人家的急事比你的更急——银行自动取款电脑系统或许正等抢修，外企劳资谈判大概箭在弦上，南极科学考察船有可能即将起航……

天佑神助，80分钟后我准时出现在演讲会场。一进门就响起掌声。无人拒绝。一张张真诚的笑脸，一双双热切的眼睛。也许多少仍受80分钟之前的内省意识和谦卑心情的影响，作为开场白我这样说道："诸位也许知道也许不知道，我来自青岛，来自青岛那些尽管自命不凡却连省会城市也不是的地方小城。可是，即使在那座地方小城，这么一大把年纪的我也没混得个一官半职，至今仍在教研室副主任兼党支部副书记手下鼻涕一把泪一把当一名平头教员。夜半更深，风雨如晦，我每每痛感自己此前人生途中失去的东西是多么惨重。就在这样的时候，忽一下子飞到大上海，并且在上海交通大学这所足以同复旦分庭抗礼的真正响当当的'985'高等学府这么堂而皇之的地方讲点什么、忽悠点什么，作为我，当然感到分外激动、分外幸福。因此，我要感谢给我这样一个宝贵机会的……"听众席上数次响起笑声，响起掌声，响起笑声加掌声。借用那位外国作家的话，正可谓"冰山消融，海盗称臣，美人鱼歌唱"。而这和在便利店连遭拒绝的场景之间，仅仅隔了80分钟——80分钟便将这同一个我置身于完全不同的两个世界。

翌日飞返青岛。行前应上海作家孔明珠女士之邀，同法国文学翻译家周克希先生和钢琴家宋思衡君相见。席间我提起被拒绝一事，主人说那两人肯定不是上海人。我说那可是发生在上海哟！"交大掌声不也发生在上海吗？"

两个上海。两个我。或许，这也才成其为上海，成其为我。

（2013年11月4日）

— 19 —

演讲：抗拒衰老

说一下老。老是我们人生舞台必然上演的节目，一幕黄昏时段电视悲情剧。"夕阳无限好，只是近黄昏"。也就是说，哪怕夕阳再好，也没有人欢迎它的到来。人人盼望长大，没人盼望衰老。人人羡慕青春年少，没人羡慕老态龙钟——老是没有前途的。或在村头大榆树下眼望暮鸦归巢雨云汇集，或在楼前石凳上任凭冷风掠过脊背，或在房间一角打开尘封的相册默默注视泛黄的照片黯然神伤……

然而我正在变老。以前灯下伏案，即使半夜十二点也文思泉涌，甚至听得见脑筋运转的惬意声响。而现在，不到十点半就运转不灵了，如当年在乡下推的石碾砣一样沉重。还有，以前上下楼梯，一步两阶面不改色心不跳。而现在，即使楼下运钞

303

车撒了满地钞票我也一阶阶循阶而下。不过还好，上天毕竟没把我一下子推进老年这道门扇，而在门前留了一道尚可徘徊的隔离带——我仍在讲课，还时不时东南西北登台演讲。如果头天晚上睡个好觉，加上台下有无数对热切的眼睛有无数张真诚的笑脸正对着自己，我顿觉精神百倍，容光焕发，全然不知老之已至。我想，我未必多么热爱演讲本身，而是在用演讲抗拒衰老。

天佑人助，仅今年就讲了二十多场。从首都北京到西北高原，从黄鹤楼下到黄浦江边。讲王小波、史铁生、莫言，讲村上春树。讲都市"白领"的孤独自守，讲知识分子的社会担当。当然也讲我的老本行文学翻译。即使讲这种专业性话题，我也注意避免讲得老成持重、老气横秋。不信请听我上个星期在上海外国语大学讲演的开场白："诸位或许知道或许不知道，我所供职的中国海洋大学的前身是国立青岛大学。国立青岛大学外文系第一任系主任是梁实秋，因此梁实秋也是我的第一任系主任。他当然没领导过我也压根儿不晓得我。不过说心里话，我是多么渴望由他领导我啊！如果他领导我，那么我翻译的村上春树、夏目漱石、川端康成什么的，肯定是响当当或当当响的专业成果，混得个教研室副主任兼党支部副书记当当亦未可知。这是因为，梁实秋不仅是散文家、学问家，也是人所共知的翻译家……"

偶尔也刻意提到老，倚老卖老。"都说村上文学的主题是孤独。其实，世界上最孤独最最孤独的，莫过于一个老男人深更半夜里独自躲在卫生间里对着镜子染头发……"台下顿时响起爽朗的笑声。年轻人在笑声中记住和领悟了孤独，文学的孤独，人生的孤独，年老的孤独。我在笑声中把玩孤独，稀释孤独，流放孤独。更重要的，在笑声中忘记了老。

应该说，演讲会场是个非日常性的特异空间。鲜花般的笑脸、星光般的眼睛、火焰般的热情、爆豆般的掌声，一切都是老的对立面。我因此得以抗拒衰老。

这么着，即使在这十二月三十一日这二〇一四年最后一天，我也没意识到自己马上要老一岁。不就是日历翻过一页、月历新换一本吗？又不是要改天换地或者举家搬到别的星球上去！

真正让我从不老梦中醒来的是刚才的电话铃声。听筒中传来老同学急切切的语声："老林啊老林，老同学啊老同学，养老金可要并轨了呀！我们这儿一千七百多个教授差不多有四百个退休拿养老金去了。你是将革命进行到底还是马上撂挑子赶在并轨前告老还乡啊？好汉不吃眼前亏，讲课讲演重要还是拿养老金养老重要？"

这个"老"还能抗拒吗？

（2014年12月31日）